12°
14°
N
W
E
S
Ostsee
Fischland-
Darß-Zingst
Rügen
Stralsund
Rostock
Greifsw
edom
54°
12°
14°

W0214005

Die Küstenwölfe

André F. Nebe

Spuk auf der Ostsee

Band 1

Illustrationen: Sabrina Pohle

Biber & Butzemann

MIX
Papier | Fördert gute Waldnutzung
FSC® C010493

Klimaneutral
Druckprodukt
ClimatePartner.com/14701-2006-1001

Auf unserer Webseite www.biber-butzemann.de erfahrt ihr mehr über unvergessliche Familienferien, unseren Verlag und unsere Bücher. Abonniert gern unseren Newsletter über https://shop.biber-butzemann.de/newsletter.php und folgt uns auf www.facebook.com/biberundbutzemann,
Instagram: biberundbutzemann oder www.pinterest.de/biberundbutzemann

Geschwister-Scholl-Str. 7
15566 Schöneiche

3. Auflage, 2023

Bibliografische Information der Deutschen Nationalbibliothek
Die Deutsche Nationalbibliothek verzeichnet diese Publikation in der Deutschen Nationalbibliografie; detaillierte bibliografische Daten sind im Internet unter http://dnb.ddb.de abrufbar.

Text: André F. Nebe
Illustrationen: Sabrina Pohle
Cover, Layout und Satz: Mike Hopf, winkelhaken.com
Lektorat: Steffi Bieber-Geske, Martina Bieber, Kati Bieber
Lektoratsassistenz: Maja Bongard, Moritz Ganser, Selma Magnor, Friederike Rademacher, Anne K. Ramin, Sophie Schulke
Korrektorat: Peggy Büttner
Druck- und Bindearbeiten: ScandinavianBook | DruckhausNord GmbH
ISBN: 978-3-95916-115-2

Inhalt

1

Der Sturm

Die Laternen auf der Strandpromenade knickten nacheinander ein wie Streichhölzer und der Wind peitschte den Regen so stark gegen das Fenster, dass Lukas unwillkürlich einen Schritt zurückwich. Da draußen wollte er jetzt auf keinen Fall sein.

„So einen Sturm habe ich hier noch nie erlebt", brummelte der alte Besitzer des Trödelladens „Knuts Schatzkiste" und setzte sich neben Lukas auf eine alte Holztruhe, die bestimmt mal einem Piraten der Ostsee gehört hatte. Überhaupt schien hier alles sehr alt zu sein. Vergilbte Seekarten hingen an den Wänden, Kompasse und Fernrohre aus Messing stapelten sich in den Regalen, Netze und Taue hingen von der Decke, ein Taucheranzug aus Leder mit einem riesigen vergitterten Helm lehnte leblos an der Wand und Schiffsmodelle aller Bauarten standen nebeneinander in Vitrinen.

Und dann waren da natürlich diese Truhen in allen möglichen Größen – das Holz so alt, dass es schon schwarz war, beschlagen mit daumendickem Eisen, Schlösser so klobig, dass man einen Finger hineinstecken konnte, und jede der Truhen verziert mit Wappen und merkwürdigen Zeichen, die wer weiß was bedeuten mochten. Der grauhaarige Knut mit der Seemannsmütze, dem der Laden gehörte, passte hier genau rein, fand Lukas.

„Vielleicht rufst du besser deine Eltern an, damit sie sich keine Sorgen machen."

Lukas nickte und zog sein Handy hervor. Er strich sein dunkelbraunes Haar zur Seite, aber dort, wo auf dem Display normalerweise die Balken für das Empfangssignal zu sehen waren, blieb die Anzeige leer.

„Das Funknetz ist zusammengebrochen."

„Dann nehmen wir mein Telefon. In welcher Pension seid ihr?"

„Pension Witt."

„Ach, bei Hildegard", lächelte der alte Seebär und griff zum Telefonhörer, während über ihm die Taue schaukelten. Selbst hier im Haus war der Sturm zu spüren. Lukas war nicht erstaunt, dass das Telefon noch eine Wählscheibe hatte. Eines mit Display passte so wenig in diesen chaotischen Laden wie ein Computer.
„Lass dir bloß nicht zu viele alte Geschichten von der Hilde erzählen."
Lukas nickte knapp. Alte Geschichten von hier interessierten ihn sowieso nicht. Warum hatten seine Eltern bloß darauf bestanden, ans Meer zu fahren? Er hatte in den Bergen klettern wollen und sich dafür zu seinem zwölften Geburtstag extra Seile gewünscht, und jetzt saß er hier an der verregneten Ostsee.
Seit sie gestern angekommen waren, war das Wetter schlecht. Und als er heute nach dem Frühstück ein bisschen die Gegend hatte erkunden wollen, hatte dieser heftige Sturm angefangen. Aus dem Dauerregen war binnen Minuten ein Orkan geworden, der ständig seine Richtung zu wechseln schien. Die Leute waren von der Promenade geflohen. Alles, was nicht niet- und nagelfest war, flog umher.
Lukas hatte es ganz unvorbereitet getroffen. Zum Glück hatte er doch noch die lange Regenjacke angezogen, die Hilde Witt aus der Pension ihm gegeben hatte. Sie war zwar schwer und hatte eine sehr knallige gelbe Signalfarbe, aber dafür war er einigermaßen trocken geblieben. Mal blies ihn der nasse Wind von vorne, mal von hinten, mal von der Seite an, als wollte er ihn daran hindern, sich fortzubewegen. Pommes- und Eistüten zischten knapp an ihm vorbei, umgeknickte Regenschirme, die von ihren Besitzern nicht mehr gehalten werden konnten, segelten auf ihn zu. Mit einer Hand hatte er versucht, alles abzuwehren, was ihm entgegenschoss, mit der anderen hatte er sich mit letzter Kraft an einem Zaun entlang zum Eingang des Trödelladens gezogen. Und so war er schließlich hier gelandet.
„Merkwürdig. Die Leitung ist tot", hörte er den alten Knut hinter sich seufzen.
Lukas wunderte das nicht. Der Sturm wurde immer heftiger. Draußen flog gerade ein herrenloses Fahrrad am Fenster vorbei wie eine Tüte im Wind. Er wollte sich eben vom Fenster abwenden, als er plötzlich eine vermummte Gestalt in einem gelben Regencape sah, die sich verzweifelt am Zaun festhielt.

Als der Sturm dem Unglücklichen die Kapuze wegriss, erkannte Lukas einen Jungen, der etwa so alt sein musste wie er. Er hatte hellblondes, fast weißes Haar. Die Hände des Jungen rutschten immer wieder an dem nassen Zaun ab. Er würde sich nicht in den Trödelladen retten können, wenn nicht ein Wunder geschah.

Wie oft in schwierigen Situationen bewahrte Lukas einen klaren Kopf. Es war wie wenn es galt, einen verunglückten Wanderer aus einer Felsspalte zu retten. Hundertmal hatte Lukas das im Kletterverein geübt. Er griff sich das nächstbeste Tau, das in seiner Nähe lag, und knüpfte eine mannsbreite Rettungsschlaufe.

„Schnell, kommen Sie!", rief er dem Ladenbesitzer zu. „Binden Sie das Ende um den Balken hier."

„Junge, was hast du vor?"

„Draußen ist noch jemand, dem wir helfen müssen. Los!", antwortete Lukas.

Der alte Knut verknotete geschickt das Tauende um einen Holzbalken, der in der Mitte des Raumes vom Boden bis zur Decke reichte.

Beide postierten sich hintereinander und umfassten das dicke Seil. Lukas griff nach der Türklinke.

„Sind Sie bereit?"

„Jetzt oder nie!", antwortete der Alte.

Lukas zog die Tür auf und warf dem Jungen, der sich nur noch mit einer Hand am Zaun festhalten konnte und fast waagerecht in der Luft hing, die Schlinge zu.

„Halt dich daran fest, wir ziehen dich herein!", schrie Lukas in den Sturm. Er konnte nicht hören, was der Junge sagte, aber er sah, wie dieser mit der freien Hand nach dem Tau griff, das ihm der Sturm aber wieder entriss. Erst beim dritten Versuch erwischte er es und stieg mit den Füßen zuerst in die Schlaufe, bis sie ihn wie ein Gürtel umfasste. Dann rutschte er mit der Hand vom nassen Zaun ab, das Tau spannte sich und Lukas und Knut machten einen Satz nach vorne. Es war, als ob der Sturm den Jungen nicht hergeben wollte. Lukas glitt das Tau zentimeterweise aus den Händen und mit Trippelschritten näherte er sich dem Türrahmen. Mit beiden Beinen stützte er sich am Türrahmen ab.

„Wir schaffen es nicht!", schrie der Alte.

„Wir müssen!"

Gemeinsam zogen sie mit aller Kraft an dem Tau. Was war das bloß für ein Unwetter? Der Junge hing an dem Seil, das straff wie eine Wäscheleine waagerecht in der Luft stand. Der Sturm tobte und schien an dem Tau zu ziehen, als sei es ein Wettkampf.

Plötzlich drehte der Wind. Anstatt weiter an dem Jungen zu ziehen, blies er ihn nun mit aller Kraft zu den beiden in den Trödelladen hinein. Wie eine Kanonenkugel zischte der Junge im gelben Regencape an Lukas vorbei und landete scheppernd in den Armen des unbemannten Taucheranzugs an der Wand.

„Schnell, die Tür zu!"

Der alte Knut versuchte sich gegen das Türblatt zu stemmen, aber genauso stark und unbarmherzig wie der Orkan eben noch an dem Tau gezogen hatte, fegte er jetzt mit voller Kraft in den Trödelladen. Seekarten, Messingkompasse, Fernrohre und Taue wirbelten durcheinander und verwandelten den Laden in ein Chaos. Lukas half Knut wieder auf die Beine und auch der Junge im Regencape hatte sich aufgerappelt und sich durch die umherfliegenden Gegenstände zu ihnen vorgearbeitet. Zu dritt drückten sie aus Leibeskräften gegen die Tür. Die Scharniere ächzten und knackten. Zur Hälfte war die Tür schon geschlossen, als Lukas zwei große rote Kugeln auf den Eingang zufliegen sah.

„Achtung!", konnte er gerade noch rufen, dann rumste es, die Tür flog auf und alle drei wurden von dem immensen Druck gegen die Wand geworfen. Es schepperte laut, und Lukas wurde unter Fahnenstangen, einem Steuerrad und Bergen von Segeltuch begraben. Schnell kämpfte er sich unter der Trödellawine hervor und sah, wie die Tür wie von Geisterhand zuschlug. Draußen tobte der Sturm weiter. Nach und nach erschienen Knut und der Junge unter Haufen von Seemannsgerümpel.

„Alles in Ordnung, Jungs?", rappelte sich Knut auf.

Lukas wollte gerade antworten, als neben ihm plötzlich ein Totenkopf aus dem Trödelhaufen emporstieg. Er wollte schreien, doch der Totenschädel kippte zur Seite, fiel auf den Boden und ein Mädchen erschien unter ihm. Dann raschelte es hinter Lukas und der große Helm des alten Taucheranzugs tauchte aus dem Wirrwarr auf. Zwei Hände streiften ihn ab und ein zweites Mädchen kam darunter hervor. Lukas' Blick irrte von einer zur anderen. Beide hatten knallrote Regenjacken an. Auch sonst sahen sie sich ähnlich. Die eine hatte zwar blonde und die andere dunkle Haare, aber sie waren unverkennbar Schwestern. Der Sturm hatte beide einfach in den Laden katapultiert.

Noch ehe irgendjemand etwas sagen konnte wie „Hallo“ oder „Noch mal Glück gehabt!“, klappte plötzlich eine Truhe auf, die im Chaos auf die Seite gefallen war. Heraus fiel ein Tau, wie es Lukas noch nie gesehen hatte. Es war so dick wie sein Oberarm und ungefähr einen halben Meter lang, was ungewöhnlich war, denn wozu sollte so ein kurzes Tau gut sein? Es war tiefschwarz, ein goldener Faden durchzog es und gab ihm etwas Edles. Aber das Merkwürdigste waren die drei Knoten, die das Tau unterteilten. Groß wie Fäuste waren sie und wirkten wie große schwarze Perlen, die auf das dicke Seil gezogen worden waren.

„Cool, was ist das denn?“ Eines der Mädchen griff danach.

„Voll schwer das Ding.“ Die Schwestern betasteten es prüfend.

„Legt das lieber wieder zurück, sonst macht ihr hier noch mehr kaputt!“, sagte jetzt der Junge mit den blonden Haaren und wollte den Mädchen das Tau aus der Hand reißen.

„Oh, der große Finn macht wieder auf Bestimmer.“

Scheinbar kannten sich die drei.

„Hallo? Anna, Lisa? Schaut euch doch mal um. Das Chaos hier, das wart ihr!“

Lukas fand, dass das ein bisschen ungerecht war. Immerhin war der Sturm da draußen an allem schuld.

„Hey, streitet euch mal nicht“, wollte Lukas einen versöhnlichen Ton anschlagen, erntete dafür aber nur verständnislose Blicke von den dreien.

„Was willst du denn jetzt?“

„Hey, ich hab dich eben gerettet!“

„Das hätt ich auch so geschafft.“ Der blonde Junge schien nichts von Dankbarkeit zu halten.

„Gib mal her!“

„Niemals!“, riefen die Mädels gleichzeitig und umklammerten das Knotentau. Es raschelte und der alte Ladenbesitzer tauchte unter einem Meer aus Seekarten hervor.

„Kinder, wenn ihr mir helft, den Laden aufzuräumen, schenk ich euch das alte Knäuel“, schlug Knut lächelnd vor.

„Wem jetzt?“, wollte der blonde Junge wissen und legte seine Hand auf einen der runden Knoten.

„Uns allen, hast du doch gehört.“ Die Mädchen zogen etwas an der anderen Seite des Taus.

„Da gehör ich aber auch dazu.“ Lukas griff ebenfalls nach dem Tau, und als alle vier es in den Händen hielten, passierte etwas Merkwürdiges. Mit einem Mal war es ganz ruhig. Irritiert schauten sie sich um, dann wusste Lukas, was anders war und auch das Mädchen, das Anna hieß, hatte es bemerkt: Das Tosen des Windes hatte aufgehört – von einem Moment auf den anderen. Der Sturm hatte sich verzogen und als Lukas zum Fenster schaute, schien auch wieder die Sonne durch große Wolkenlücken und tauchte alles in warmes sommerliches Licht. Es war schön, aber auch ziemlich sonderbar, fand Lukas. Fast unheimlich.

2.

Mast- und Schotbruch

Das Tau mit den drei Knoten hing an der Wand neben dem Esstisch in der großen Stube der Pension Witt. Finn schien damit nicht zufrieden zu sein. Seine himmelblauen Augen betrachteten schmachtend das Tau.

„Du kannst jederzeit kommen und es dir ansehen. Du bist doch sowieso jeden Tag hier", sagte Hildegard Witt und stellte jedem einen Teller Grießbrei mit Kirschen vor die Nase. Lukas saß neben Anna und Lisa und versuchte, Finn einen aufmunternden Blick zuzuwerfen. Auf dem Weg zurück zur Pension hatte er von den dreien erfahren, woher sie sich kannten. Anna und Lisa waren die Enkelinnen von Hilde Witt und genau wie er knapp 13 Jahre alt. Ihre Eltern betrieben eine Segelschule am Achterwasser, und während der großen Ferien pendelten die Mädchen zwischen dem kleinen Sportboothafen und ihrer Oma hin und her. Finn war ebenfalls zwölf und wohnte ein paar Häuser weiter. Seine Eltern bauten Strandkörbe. Lukas hatte gar nicht gewusst, dass die Körbe von Usedom aus in die ganze Welt verkauft wurden. Hilde Witt bekochte die drei während der Ferien und so würde Lukas sie jetzt öfter zu sehen bekommen.

„Da bist du ja!", rief Lukas' Mutter und kam ins Esszimmer gestürmt, gefolgt von seinem Vater, der ihn mit ernster Miene musterte. Sein Vater hatte bei allem und jedem immer viele Bedenken. Wenn man zum Beispiel einen Ausflug machen wollte, musste er immer darauf hinweisen, dass das Wetter ja umschlagen oder der Wagen unterwegs steckenbleiben könnte. In solchen Fällen nannte seine Mutter ihn dann oft eine „Spaßbremse", woraufhin er zumindest versuchte, die Dinge positiv zu sehen.

„Ich hab mir solche Sorgen gemacht!" Lukas' Mutter machte Anstalten, ihn in den Arm zu nehmen, aber Lukas tauchte schnell weg und nestelte an seinen Schnürsenkeln herum. Das war jetzt irgendwie peinlich vor den anderen.

„Keine Sorge, Frau Sommer", sprang Hilde Witt ihm zur Seite, „hier kommt keiner so schnell weg. So ein bisschen Wind sind wir gewohnt."
„Na ja", räusperte sich Finn, „also das war schon mehr als ein bisschen Wind vorhin."
„Ich hab den vieren jetzt schnell was zu Essen gemacht. Waren Sie schon im Dünenwald? Sie wollten doch Nordic Walking machen?", fragte Hilde Witt.
„Ja, gute Idee, macht das doch. Mit mir ist alles okay!" Lukas wollte seine Eltern so schnell wie möglich aus dem Esszimmer haben, bevor es zu unangenehmen Situationen vor den anderen kommen konnte.
„Na ja, wenn es wieder so stürmt wie eben, sollten wir lieber nicht …", setzte Lukas' Vater zu einer seiner kritischen Überlegungen an, aber seine Frau unterbrach ihn mit einer Handbewegung, als wische sie etwas von einem Spiegel ab.
„Eine sehr gute Idee, Frau Witt. Steffen, genau das machen wir jetzt. Hol doch schon mal die Laufstöcke aus dem Kofferraum, ich mach mich inzwischen fertig!"
„Soll ich etwa so Sport machen?" Lukas Vater zeigte an seinem Sakko und der Bundfaltenhose herunter.
„Nein, natürlich nicht. Dich machen wir auch noch hübsch", schmunzelte Lukas' Mutter.
„Ich gebe Ihnen noch eine Karte, da können Sie die Wege gut sehen." Gefolgt von Hilde Witt, verließen die Eltern nun das Esszimmer und Lukas atmete erleichtert auf.
„Was arbeiten deine Eltern?", fragte Anna, als die vier allein waren. Ihre dunklen Haare fielen ihr in die Stirn, sodass Lukas ihre meergrünen Augen nur halb sehen konnte.
„Mein Vater macht Risikomanagement."
„Was ist das denn?"
„Er berät Firmen über Gefahren. Das kann alles Mögliche sein: wie man Unfälle vermeidet oder Veranstaltungen organisiert, damit alles reibungslos läuft, manchmal auch Tests von neuen Erfindungen." Lisa nickte und Lukas bemerkte, dass sie im Gegensatz zu ihrer Schwester Sommersprossen hatte.

„Dann ist sein Beruf also, sich überall Probleme vorzustellen."
„Genau. Und dann schon vorher Lösungen zu finden, damit es erst gar keine Schwierigkeiten gibt. Meine Mutter ist Schlichterin in der Touristikbranche. Wenn jemand mit seinem Urlaub nicht zufrieden war und das Hotel verklagen will, vermittelt sie und versucht, eine Einigung für alle zu erreichen."
„Deine Eltern sind ja eine wilde Mischung. Einer sucht überall Probleme und einer immer den Kompromiss", fasste Finn das Gesagte zusammen.
„Genau. Das ist manchmal ganz schön anstrengend."
„Kannst du segeln?", wechselte Anna das Thema und an ihren leuchtenden Augen konnte Lukas sehen, dass Segeln eines ihrer Hobbys war. Klar, wenn die Eltern eine Segelschule hatten.
„Na ja, also, ich war schon mal auf einem Boot …"
„Also nicht", grinste Finn.
„Dann bringen wir's dir bei", entschied Anna und schob ihren leeren Teller von sich. Lukas war nicht ganz wohl bei dem Gedanken. Wenn es schon nicht in die Berge ging, wollte er wenigstens eine ruhige Zeit am Strand haben. Auf einem Boot musste man bestimmt viel machen – und sei es nur, darauf zu achten, nicht über Bord zu gehen.
„Meint ihr wirklich, das ist eine gute Idee? Ich meine, was ist, wenn …"
„Keine Widerrede!", befahl Anna. „Das wird lustig. Außerdem passen wir auf."
Sein Vater hätte das bestimmt anders gesehen, aber Lukas sah ein, dass er aus der Nummer nicht mehr herauskam.
„Ich wette, du fällst ins Wasser", grinste Finn ihn an. Er sollte recht behalten, aber das wusste Lukas zum Glück noch nicht.
Anna, Lisa und Finn hatten ihre Fahrräder vor der Tür stehen. Von Frau Witt bekam Lukas ein Mountainbike, das sie für Feriengäste bereithielt, und so brausten die vier durch den Dünenwald Richtung Achterwasser – so nennt man auf Usedom das Gewässer auf der Binnenseite, das wie ein See aussieht. In ihm mischt sich das Süßwasser des Peenestroms mit dem Salzwasser der Ostsee.

Die Insel Usedom sieht von oben ein bisschen aus wie ein Hähnchenschenkel, der mit dem Knochenende auf zehn Uhr zeigt. An der schmalsten Stelle ist die Insel zwischen Ostseeseite und Achterwasser nur wenige hundert Meter breit. Nach einer Viertelstunde erreichten Lukas und seine neuen Freunde schon den kleinen Hafen. An zwei Stegen schaukelten die Segelboote der Schule „Hansen" sanft im Wasser und die Mastleinen klackerten rhythmisch im Wind. Auf dem Wasser waren mehrere Surfer unterwegs. Ein Reetdachhaus lag malerisch am Ufer, ein Hund und eine Katze schliefen einträchtig davor in der Sonne. Hunderte rote Blumen bildeten einen schönen Kontrast zu den weißgetünchten Mauerteilen des Hauses, das von uralten Holzbalken durchzogen war.

Auf der Wiese vor dem Haus standen große weiße Sonnenschirme und rustikale Holzbänke aus halbierten Baumstämmen gruppierten sich gemütlich im Halbkreis zum Hafen hin. Hier hatte der Sturm offenbar nicht gewütet. Alles machte einen sehr friedlichen Eindruck und man bekam sofort Lust, hier zu bleiben.

Lukas war beeindruckt. „Hier wohnt ihr?"

„Hauptsächlich oben. Unten ist der Unterrichtsraum für die Segelschüler. Kommt, wir nehmen uns ein Boot! Unsere Eltern sind noch nicht zurück, also gibt's auch keine blöden Fragen."

Lukas grinste. Anna und Lisa schienen es ebenfalls nicht darauf anzulegen, ihren Eltern immer alles zu erklären.

Sie waren ein eingespieltes Team: Lisa schloss den Schuppen auf und ging mit Finn hinein, während Anna eine große Truhe vor dem Haus öffnete.

„Jeder eine." Anna warf vier Rettungswesten hinter sich, die Lukas nacheinander gerade so auffangen konnte.

„Zeig mal deine Schuhe!"

„Was soll denn damit sein?"

„Ist in Ordnung. Mit Turnschuhen darfst du an Bord. Alles andere macht den Deckboden kaputt."

Lisa und Finn kamen aus dem Schuppen zurück und trugen einen langen weißen Ballen.

„Was ist das denn?"
Anna machte ein mitleidiges Gesicht. „Du hast echt keine Ahnung, was? Das ist ein Segel. Ohne funktioniert das nicht mit dem Wind. Verstehst du? Okay, warte!" Sie zog eine Zeichnung aus einem Kasten vor der Tür des Reetdachhauses und drückte sie ihm in die Hand.
„Ein paar Grundbegriffe."
Lukas betrachtete die Zeichnung. Wer sollte sich das alles so schnell merken? Er wollte protestieren, aber Anna war schon auf den Steg gesprungen und folgte den anderen. Mit den vier unhandlichen Rettungswesten im Arm und der Zeichnung in der Hand stolperte Lukas hinterher.
Wenn Anna gewusst hätte, wie ungeschickt sich Lukas gleich auf dem Boot anstellen würde, hätte sie es sich bestimmt noch einmal überlegt, ihn zu einem privaten Lehrgang auf dem Wasser zu überreden. Aber sie kannte ihn ja noch nicht gut.
Lukas sprang in das Boot wie auf ein Skateboard. Anna konnte sich gerade noch so am Mast des Segelbootes festhalten, sonst wäre sie ins Wasser gefallen. Finn hatte nicht so viel Glück, fiel vornüber, riss Lisa mit sich und beide verknäulten sich auf dem Schiffsboden im Segel, das sie gerade hatten befestigen wollen. Wie Würstchen im Schlafrock hatte das Segel sie eingewickelt.
„Okay, du Landratte, setz dich jetzt einfach mal dahin und warte, bis wir fertig sind", entschied Anna, als das Boot wieder ruhig im Wasser lag.
„Ist ja gut", maulte Lukas und setzte sich prompt auf die Seite, auf der sich gerade Finn und Lisa mühsam aus dem Segel befreiten. Sofort kippte das Boot wegen des zusätzlichen Gewichtes. Finn umklammerte den Baum, der das Segel an der Unterseite festhielt und stieß sich zur anderen Seite ab. Lukas duckte sich schnell, sonst hätte der bewegliche Baum ihn getroffen und ins Wasser befördert.
Anna nickte, als habe sie so etwas früher oder später erwartet. „Das war schon mal die erste Lektion: immer darauf achten, dass auf jeder Seite des Bootes gleich viele Leute sind. Ausnahme nur, wenn der Steuermann das ansagt. Und immer schauen, wo der Baum hinschwenkt."

Lukas nickte bedröppelt und Anna musste lächeln, denn das war irgendwie ganz süß, dass ihm manche Dinge so schnell peinlich waren. Auch Lisa hatte das mitbekommen. „Mach dir nichts draus. Das erste Mal, als ich mit Anna alleine auf einem Boot war, sind wir gleich gekentert."

„So'n Quatsch, das war der Wind", verteidigte sich Anna, aber bei dem Gedanken an ihren ersten Törn musste sie lachen, denn ihre Schwester hatte recht. Auch wenn Lukas das ja nicht unbedingt wissen musste.

„Segel bereit", verkündete Finn. „Schwert ist unten."

„Was für'n Schwert?", wunderte sich Lukas.

Anna zeigte auf die Bootsmitte, wo ein Kasten hervorragte. „Hier. Das nennt man ‚Schwert', weil es so in etwa die gleiche Form hat."

„Sieht eher aus wie eine Flosse."

„Hast recht. Es hat auch eine ähnliche Funktion. Man kann es runterlassen, dann hängt es unter dem Boot, genau wie eine Flosse unter dem Bauch von einem Fisch."

„Und wozu?"

Jetzt sprang Finn ein: „Wenn das Schwert unten ist, schwankt das Boot nicht so hin und her."

„Und man kentert nicht so leicht, stimmt's, Anna?", lachte Lisa.

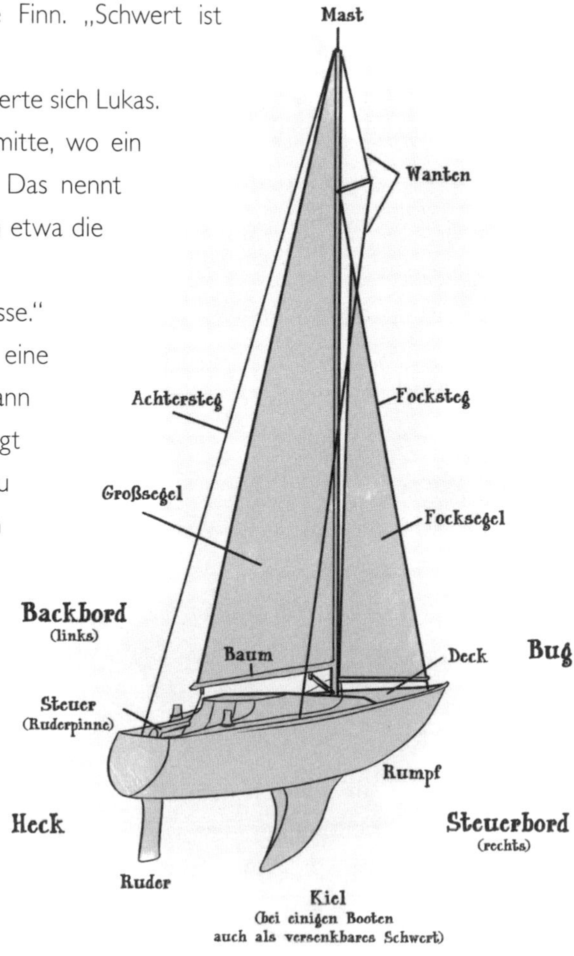

„Ja, ich weiß. Hatte ich damals auch vergessen." Anna wollte das Thema wechseln. Lukas musste ja nicht alle ihre Anfängerfehler erfahren.
„Gut, dann Leinen los. Segel setzen wir, wenn wir aus dem Hafen sind." Finn machte das Boot von allen Pollern los.
„Leinen bis auf Vorspring los!"
„Okay, Finn, vorne an das Focksegel. Lisa, mach dich in der Mitte neben dem Schwertkasten klein." Anna setzte sich neben Lukas in den hinteren Teil des Bootes und übernahm das Ruder.
„Hier, das ist die Ruderpinne. Damit kann man das Boot steuern." Lukas sah mit glasigen Augen von der Zeichnung auf, die er zwischendurch immer wieder studierte. Ihm schwirrte der Kopf vor lauter neuen Ausdrücken.
„Keine Sorge, das hast du schnell drauf."
Finn zog an dem letzten Seil, das das Boot an seiner Spitze noch mit einem Poller verband. Langsam bewegten sie sich auf das Stegende zu. Finn holte die Leine ein und verstaute sie unter der schnabelförmigen Spitze des Bootes.
Anna bewegte die Ruderpinne schnell vor und zurück.
„Was machst du da?"
„Man kann das Ruder auch als eine Art Paddel benutzen, bis man eine Position zum Segelsetzen gefunden hat."
„Warum setzt ihr die Segel dann nicht einfach früher, anstatt so komisch im Wasser rumzuquirlen?"
„Genau das hat Anna das erste Mal gemacht. Da lagen wir noch am Steg", grinste Lisa und guckte nach hinten zu Lukas.
„Ja genau, das war total dämlich. Im Hafen kannst du nicht manövrieren. Da ist ja so wenig Platz und du krachst gleich in den nächsten Steg, wenn der Wind in die Segel haut. Dann hat sich das Boot stark geneigt, ich stand auch noch auf der falschen Seite, das Schwert war nicht unten und platsch, lag ich drin", erzählte Anna.
„Irgendwie scheint Segeln ja nicht ganz ungefährlich zu sein."

„Wenn man's richtig macht, passiert auch nichts. Außerdem macht es Spaß. Wirst schon sehen." Mittlerweile hatten sie den Liegeplatz hinter sich gelassen und trieben ein paar Meter vor dem Hafen im Wasser.

Lukas schaute Anna skeptisch an.

„Hier, nimm mal!" Das Mädchen drückte ihm die Ruderpinne in die Hand und Finn zog das große Segel hoch. Kaum war es aufgezogen, blähte der Wind es auch schon auf, es gab einen Ruck und das Boot rauschte durchs Wasser.

„Hilfe! Was muss ich machen?", rief Lukas panisch.

„Einfach das Ruder genau so halten."

Lukas nickte, aber Anna konnte sehen, wie ihm nicht ganz wohl dabei war. Sie selbst nahm die sogenannte Großschot in die Hand, mit der man das Segel straffen konnte. Das gegenüberliegende Ufer kam schnell näher. Einzelne Vögel flogen schon aus dem Schilf auf.

„Wir machen jetzt eine Wende. Ich sag dir, was du tun musst, in Ordnung?" Lukas machte nicht den Eindruck, als ob das wirklich für ihn okay war, aber Anna hatte sich fest vorgenommen, Lukas das Segeln beizubringen und ließ ihn nach und nach die grundlegenden Manöver fahren.

Lukas' Aufgabe bestand darin, jedes Mal das Ruder im richtigen Moment umzuwerfen und dabei dem umschwenkenden Mast auszuweichen. Anna musste zugeben, dass er das gar nicht so schlecht machte, auch wenn sie ein paarmal eingreifen musste. Sie wendeten mehrmals über Back- und Steuerbord, wobei der Wind jedes Mal von vorne kam. Dann fuhren sie eine Halse – ein Manöver, bei dem das Boot mit dem Heck durch den Wind geht und die Segel anschließend auf der anderen Schiffsseite geführt werden – und wendeten das Boot, während der Wind von hinten blies.

Anna fiel auf, dass Lukas schnell ein Gefühl dafür entwickelte, wie man das Gleichgewicht verlagert, wenn das Boot dreht. Zum Schluss machten sie noch ein gespieltes Rettungsmanöver. Finn ließ anstelle eines unglücklichen Passagiers, der über Bord gegangen war, eine kleine Boje ins Wasser fallen und unter Annas Anleitung steuerte Lukas das Boot in einem Bogen dicht an die Boje heran. Die Kunst bestand darin, das Boot so zu manövrieren, dass kein Wind mehr im Segel stand und das Boot praktisch auf der Stelle zum Halten kam. Im Ernstfall musste ja ein Mensch aus dem Wasser geborgen werden und da durfte das Boot sich nicht mehr bewegen.

Lukas verlor offensichtlich immer mehr die Angst vor dem Boot, das sich hart am Wind oftmals stark zur Seite neigte. Die Rudermanöver gelangen immer besser, und sie hätten bestimmt noch ein paar Stunden auf dem Achterwasser zwischen den schilfbewachsenen Ufern hin- und herschippern können, wenn nicht plötzlich im kleinen Hafen der Segelschule Hansen ein Hornsignal ertönt wäre.

„Okay, unsere Eltern sind zurück. Machen wir uns heim."

„Ach schade, jetzt hat es gerade angefangen, Spaß zu machen", sagte Lukas.

„Keine Sorge, morgen geht es weiter."

„Und ich bin kein einziges Mal ins Wasser gefallen", grinste Lukas stolz Finn an, aber der sagte nur: „Noch sind wir nicht an Land." Und damit hatte er recht. Als Lukas nämlich das Ruder zum Einlaufen an Anna übergab und mit Finn zusammen die Leinen den auf dem Steg wartenden Eltern zuwarf, verlor er

schließlich doch noch das Gleichgewicht und landete im Wasser. Triefnass zog er sich am Steg hoch.

„Das war die Hafentaufe!", rief Anna ihm lachend zu.

Beim Abendbrot in der Pension Witt fielen Lukas fast die Augen zu. Was für ein Tag! Erst der irre Sturm, dann plötzlich bestes Wetter und zum Schluss seine erste Fahrt auf einem Segelboot. Am Anfang hatte er ganz schön Bammel gehabt, dass das Boot einfach kentern oder voller Wasser laufen könnte, wenn es sich neigte. Auch konnte es ziemlich schnell werden, wenn erst einmal der Wind in die Segel blies. Aber Anna war eine gute Lehrerin und vor allem nahm sie es einem nicht krumm, wenn man mal was falsch machte. Immer, bevor etwas gefährlich werden konnte, gab sie die richtigen Anweisungen.

Auf dem Wasser war es was ganz anderes als an Land. Man konnte sich überall hinbewegen, es gab ja keine Straßen oder Wege. Außerdem schien die Zeit auf dem Wasser langsamer zu vergehen. Er hatte das Gefühl, ganze Tage auf dem Segelboot verbracht zu haben, dabei waren es gerade einmal zweieinhalb Stunden gewesen. Von den ungewohnten Bewegungen taten ihm die Muskeln weh. Seine Eltern fanden es eine gute Idee, wenn er am nächsten Tag wieder zu den Hansens ging, obwohl sein Vater natürlich Bedenken hatte: von wegen Boot auf dem Wasser und wie gefährlich das doch auch sei. Seine Mutter erinnerte ihren Mann aber einfach daran, dass er als Junge auch gern gesegelt war, und da war er still.

Todmüde fiel Lukas in sein Bett. Der Mond schien fahl in sein Zimmer. Er konnte draußen das Meer hören. Sanft trafen die Wellen auf den Sandstrand. Vielleicht würden die Ferien doch nicht so öde werden wie befürchtet. Nach wenigen Minuten schlief er tief und fest, Annas Zeichnung vom Segelboot auf dem Bauch. Weder er noch Anna konnten ahnen, dass in dieser Nacht noch einiges passieren würde, etwas, das weitaus gefährlicher sein sollte, als ein paar Segelübungen. Schon bald wachte Lukas wieder auf.

3.

Unheimliche Begegnung

Da war ein Geräusch, das überhaupt nicht auf die Insel Usedom passte. Lukas öffnete die Augen. Hatte er geträumt? Er schaute auf die Uhr. Es war drei Uhr nachts. Er lauschte. Außer den Wellen am Strand war nichts zu hören.

War wohl doch nur ein Traum, sagte er sich, zog seine Bettdecke zurecht und schloss die Augen, als er es wieder hörte. Laut und deutlich: das Heulen eines Wolfes! Kerzengerade saß Lukas im Bett. Da war es wieder, und ziemlich nah. Geräuschlos stieg er aus dem Bett und schlich sich ans Fenster. Der Mond beschien den menschenleeren Strand. Ein paar Strandkörbe, die die Witts tagsüber vermieteten, standen in Reih und Glied.

Anna und Lisa halfen Hilde jeden Abend beim Zurückschieben der Strandkörbe, die die Touristen tagsüber quer über den Strand verteilten. Hildes Mann, der eigentlich sonst immer die Strandkorbvermietung regelte, hatte gerade einen anderen Job: Auf einer Insel vor Usedom passte er für drei Wochen auf das Haus der beiden einzigen Inselbewohner auf, die eine Reise machten. Lukas hatte ihn noch nicht gesehen, aber Lisa hatte ihm gesagt, dass Herr Witt ein mürrischer Typ sei und der Einzige in der Gegend, der noch manchmal mit einem Boot hinausfuhr, um Fische zu fangen. Deswegen war der alte Witt wohl auch ganz froh über seine derzeitige Aufgabe. So war er näher an seinen Fischgründen.

Auch so eine Sache: Lukas hatte gedacht, auf der Insel würden viele vom Fischfang leben, aber in Wirklichkeit rechnete sich das wohl nicht mehr. Der Fisch wurde aus Nachbarländern importiert und hier verkauft. Richtige Fischer, die aufs Meer fuhren, gab es nur noch wenige.

Lukas kniff die Augen zusammen, aber er konnte draußen beim besten Willen nichts Auffälliges entdecken. Vielleicht hatte er sich doch geirrt oder es war ein Hund gewesen, der da geheult hatte. Er spürte, wie er Durst bekam.

Dummerweise hatte er vergessen, sich für die Nacht ein Glas Wasser mit nach oben zu nehmen, also musste er runter in die Küche.

Als er am Zimmer seiner Eltern vorbeiging, drangen Schnarchgeräusche an sein Ohr. Sein Vater beschwerte sich oft, dass seine Mutter nachts „unnatürliche Geräusche" mache, aber Lukas wusste, dass sie beide Weltmeister im Schnarchen waren. Einmal, als er noch klein war, war er ins Schlafzimmer seiner Eltern geschlichen, weil er wissen wollte, wo seine Eltern den Walfisch versteckt hatten, der so blubbernde Geräusche von sich gab. Dabei waren sie es selbst, die abwechselnd wie aufgetauchte Pottwale im Schlaf prusteten und schnarrten.

Lukas tastete sich zum Wasserhahn in der Küche vor und ließ ein Glas volllaufen. Das kühle Getränk tat gut. Trinkend glitt sein Blick am Fenster entlang, als er draußen im Garten eine Bewegung wahrnahm. Vor Schreck kippte er sich den Rest Wasser über den Pyjama.

Mist, verdammt! Mit einem Stück Küchenrolle tupfte er sich ab, während er sich dem Fenster näherte. Selbst im schwachen Mondlicht konnte man sehen, dass Hilde Witt Wert auf einen akkuraten Rasen legte. Wie mit der Nagelschere geschnitten, konnte das flache Grün jeden Gärtner vor Neid erblassen lassen. Überhaupt waren die Witts für solide Lösungen empfänglich. Die schweren Holzmöbel unter dem Fenster machten den Eindruck, als ob sie nicht einmal ein Sturm, wie er ihn gestern erlebt hatte, umhauen könnte. Lukas beugte sich etwas vor, um die Stühle zu zählen. „Vielleicht könnte man ja morgen draußen frühstücken", dachte er noch, als plötzlich etwas Graues über den Rasen huschte.

Das musste Wilma gewesen sein, die Katze von Hilde Witt. Ein Miauen hinter ihm signalisierte ihm aber, dass sie nicht draußen im Garten herumlief, sondern in ihrem Körbchen im Flur lag. Es raschelte und dann tappte Wilma auf ihren Samtpfoten zu ihm ans Fenster. Schnurrend umschlich sie seine Beine. Lukas hob sie auf. „Wenn du das da draußen nicht warst, wer schleicht dann da rum? Ein Freund von dir?"

Wilma schnurrte nur, aber plötzlich spannte sich ihr Körper an und Lukas spürte, wie sich ihre Krallen durch seinen Pyjama bohrten. Wie von der Tarantel gestochen, sprang die Katze ihm aus dem Arm und fegte um die Ecke.

„Hey, was ist denn los?“
Lukas wollte ihr gerade hinterher, als er hinter sich ein Geräusch hörte. Ein Kratzen und Scharren. Ganz nah. Und da war wieder ein Geräusch, das nicht auf diese Insel passte. Eine Art Knurren, aber ganz tief und unheimlich. Langsam drehte er sich zurück zum Fenster und erstarrte. Zwei Pfoten klebten am Fenster, die zu einem struppigen Tier gehörten, das auf der schweren Holzbank vor dem Fenster hockte und ihn aus hellen wachen Augen anschaute. In freier Natur hatte Lukas noch nie einen gesehen, aber er wusste, dass das Tier da draußen kein Hund war, sondern wirklich ein Wolf. Aufmerksam verfolgte der Blick des Wolfes Lukas, der wie von einem Magneten angezogen auf das Fenster zuging. Das Tier war nicht besonders groß, aber es strahlte eine Kraft aus, die Lukas fast körperlich spüren konnte. Sanft wehte der Flaum seines Fells im Wind. Um den Hals herum war der Wolf fast weiß. Dahinter wurde sein Fell grau. Lukas konnte nicht anders, er musste die Scheibe dort berühren, wo auf der anderen Seite der Wolf seine Pfote dagegenstemmte. Es war merkwürdig, aber es kam ihm so vor, als ob das Glas an dieser Stelle extrem warm war. Der Wolf stupste mit seiner Schnauze gegen das Glas, als wolle er sich Zutritt zum Haus verschaffen. Unwillkürlich wich Lukas vom Fenster zurück. Der Wolf löste seine Pfoten, hockte sich auf die Hinterbeine und heulte den Mond an. Tief und dumpf erscholl das Geheul wie ein Signal. Mit einem letzten Blick auf Lukas verschwand der Wolf über den makellosen Rasen im Gebüsch.
Im nächsten Augenblick wachte Lukas auf. Die Sonne schien, Stimmen vom Strand drangen an sein Ohr, unten in der Küche klapperten Töpfe und Gläser klirrten. Es klopfte an seiner Tür.
„Lukas? Aufwachen! Es ist schon halb neun. Du wolltest doch in einer Stunde mit den anderen Segeln gehen.“
Verdammt, schon so spät? Lukas sprang aus dem Bett.
„Bin gleich unten!“, versprach er und eilte ins Badezimmer. Unter der Dusche musste er grinsen. Was für einen Quatsch er da geträumt hatte. Ein Wolf! Auf Usedom. Blödsinn. Lukas trocknete sich ab, zog seine Sachen an und flitzte nach unten. Er hatte einen Bärenhunger. „Oder Hunger wie ein Wolf“, dachte er bei sich.

Hilde Witt hatte den Tisch im Garten gedeckt. Es würde ein heißer Tag werden. Schon jetzt waren es zwanzig Grad.

„Da bist du ja. Gut geschlafen?", fragte sein Vater munter, der sich immer darüber lustig machte, wie lange Lukas schlafen konnte. Es waren schließlich Ferien, da konnte man es sich doch mal gutgehen lassen, auch wenn man verabredet war.

Der Geruch gemahlenen Kaffees und der Duft frisch gebackener Brötchen umwehten seine Nase. Auch wenn er den bitteren Geschmack von Kaffee überhaupt nicht leiden konnte, riechen tat die schwarze Brühe, die die Erwachsenen immer mit gespielter Kennermiene in sich hineinschütteten, wunderbar.

„Ach, ich habe totalen Blödsinn geträumt."

Hilde Witt kam aus der Küche in den Garten. Sie war offensichtlich ein Morgenmensch. Fröhlich trällerte sie ein Liedchen und ihre grauen Haare, die sie über dem Kopf zusammengesteckt hatte, wippten im Takt dazu. Sie stellte eine frische Kanne Kaffee auf den Tisch.

„Also, die erste Nacht in einem neuen Bett ist immer wichtig. Was man träumt, geht in Erfüllung oder erlangt noch eine Bedeutung", gab sie von sich und seine Mutter nickte zustimmend.

„Ich hab geträumt, du wirst ein Segel-Ass", verkündete seine Mutter, was Lukas ein bisschen peinlich fand. Irgendwie erwarteten alle Mütter von ihren Kindern, dass sie Genies werden würden.

„Ich habe geträumt, ich ziehe mit einem Seil einen Schatz aus dem Meer."

„Das ist doch mal ein aussichtsreicher Traum. Und du, Lukas?", fragte Hilde Witt.

„Ach, ich hab einen totalen Quatsch geträumt. Und zwar, dass hier im Garten ein grauer …"

„Ja?", schauten ihn Frau Witt und seine Eltern erwartungsvoll an, aber Lukas konnte beim besten Willen nicht weitersprechen. Das Brötchen mit Salami, von dem er gerade hatte abbeißen wollen, verharrte schwebend in der Hand vor seinem offenen Mund. Dort am Fenster, das hinter seinen Eltern in der Küche den Blick auf den Garten freigab, waren deutlich die Abdrücke von zwei Pfoten zu sehen – die Pfoten des Wolfes. Er hatte es also nicht nur geträumt.

Als Lukas nach dem Frühstück am kleinen Hafen ankam, wartete dort schon Finn auf dem Steg und winkte ihn zu sich heran. Seine blonden Haare leuchteten in der Sonne. Er wirkte fast ein bisschen schmächtig, aber Lukas hatte am Vortag bemerkt, wie kräftig er war, als er mit einer Hand mühelos das Großsegel gesetzt hatte.

„Anna und Lisa sind heute nicht gut drauf. Mach besser keine dummen Sprüche, wenn sie kommen."

„Was ist denn los?", wollte Lukas wissen.

„Ach, die streiten sich über irgendwas, was Anna angeblich nachts gesehen haben will. Lisa behauptet aber steif und fest, dass sie sich das nur eingebildet oder geträumt hat."

Lukas bekam ein mulmiges Gefühl. „Hast du gehört, was es gewesen sein soll?"

Finn grinste. „Anna sagt, sie hätte letzte Nacht einen Wolf auf dem Steg gesehen."

Finn schaute ihn an, als erwarte er, dass Lukas ebenfalls darüber lachen müsse, aber Lukas verzog keine Miene.

„Glaubst du das etwa? Ein Wolf auf Usedom?"

„Keine Ahnung", tastete sich Lukas vorsichtig vor, „was glaubst du denn?"

„Ganz einfach: Ich hab gestern Nacht einen Hund bei uns im Garten gesehen. Wahrscheinlich ist der vom Zeltplatz entlaufen und hat sich ein bisschen die Gegend angeschaut. Es gibt da so eine weiße Schäferhundrasse. Im Mondlicht sehen die aus wie Wölfe."

Lukas dachte nach. Das klang eigentlich ganz vernünftig.

„Okay, angenommen, du hast recht und das war wirklich ein weißer Hund. Dann müsste der ja vom Strand bis zum Achterwasser hier zu den Hansens gelaufen sein."

„Und? Ist grad mal ein Kilometer. Ist für einen Hund gar nichts."

Vom Haus her drang das Geräusch einer zuschlagenden Tür zu ihnen. Anna kam mit hochrotem Kopf über den Steg gestiefelt, gefolgt von Lisa, die genervt mit den Armen ruderte. „Ist doch egal! Sei nicht eingeschnappt!“

„Habt ihr das Boot klargemacht?“, fragte Anna die Jungs und ihre grünen Augen blitzten zornig.

„Ja, Segel ist schon eingehängt und …“

„Dann könnt ihr's gleich wieder abmachen. Wir nehmen das große Boot. Mein Vater kommt mit.“

Finn warf Lukas einen vielsagenden Blick zu und der verstand jetzt, was Finn vorhin gemeint hatte. Mit Anna sollte man heute lieber nicht diskutieren.

„Wo soll's denn hingehen?“, wollte Lukas wissen.

„Nach Ruden, Opa Witt besuchen“, antwortete Anna knapp.

Finn nickte anerkennend.

„Was ist los? Was heißt das?“

„Das heißt, dass es 'ne raue Angelegenheit wird“, seufzte Finn. Und er sollte recht behalten, allerdings anders, als er sich das gedacht hatte.

4.

Insel mit Geheimnis

Die kleine Insel Ruden lag gut zwei Kilometer nördlich von Usedom – in Richtung Rügen. Sie war ein reines Naturschutzgebiet, das früher genutzt wurde, um Raketen zu beobachten, die zu Kriegszeiten vom nahegelegenen Peenemünde aus gestartet wurden. Später hatte die DDR hier Grenzposten stationiert. Jetzt lebte dort ein Pärchen ganz allein. Annas und Lisas Eltern fuhren ab und zu rüber, um ihnen das Nötigste vorbeizubringen. Die Bestellliste empfing Hilde Witt immer per Funk. Opa Witt machte für die beiden Rudener gerade so etwas wie eine Urlaubsvertretung, wobei Opa Witt eigentlich nicht stimmte, denn Hilde Witts Mann war kurz nach der Geburt von Annas und Lisas Vater gestorben. Hilde hatte dann aber wieder geheiratet. Anna und Lisa nannten ihn trotzdem „Opa". Vom Alter her stimmte das ja auch.

Peter Hansen sah man an, dass er begeisterter Seefahrer war. Der Vater von Anna und Lisa trug einen Vollbart und einen dunkelblauen Seemannspullover mit Reißverschluss am Hals. Lukas hatte sich erst gewundert, warum er Ölzeug anziehen sollte, aber bei der Überfahrt spritzte ihm die Gischt mächtig um die Ohren, sodass er froh war, wasserdicht verpackt zu sein. Wenn nicht gerade ein Regen aus Ostseewasser auf ihn niederprasselte, schlugen ihm abwechselnd Annas dunkle oder Lisas blonde Haare im Fahrtwind ins Gesicht. Nur Peter, der hinten am Steuer stand, bekam kaum was ab. Er brüllte immer wieder Kommandos in den Wind.

Lukas war mit Finn für das Vorsegel zuständig. Die Mädels glichen das Gewicht aus und saßen mal auf der einen, mal auf der anderen Seite des Bootes. Einmal hingen sie sogar mit Drahtseilen in den sogenannten Wanten – das sind die Seile, die zur Verspannung der Masten dienen – weit über der Reling.

Manchmal bäumte sich das Boot auf einem Wellenkamm richtig auf und klatschte dann ins Tal. Dann wurden Finn und Lukas vorne von einer wahren Dusche überschüttet. Aber es machte auch riesigen Spaß und sie mussten jedes Mal lachen.

„Ist das alles, was du kannst?", schrie Finn das Meer an und prompt kam die Antwort in Form einer neuen Dusche.

Kurz vor der Insel wurde der Wind ruhiger und als sie in den winzigen Hafen einfuhren, der von einer Kaimauer geschützt wurde, war es fast windstill. Rostige Eisenstreben verankerten das kleine Hafenbecken an seinen Rändern im Wasser. Ein Schild wies auf den Anlegeplatz für Ausflugsschiffe hin, wobei die Buchstaben mit der Zeit verwischt worden waren und es aussah wie „Ausflugsschilfe". Friedlich glitt das Boot an den Anleger. Geschickt sprang Anna von Bord und befestigte es an einem dicken Poller. Lisa tat hinten mit der Heckleine dasselbe.

„Ihr seid ein gutes Team!", stellte Peter Hansen zufrieden fest. „Das Meer mag euch."

Lukas schälte sich aus seinem gelben Ölzeug. Ob das Meer ihn wirklich mochte? Da war er sich nicht so sicher. „Ich hab eher das Gefühl, das Meer hat uns alle zehn Sekunden angespuckt."

„Stimmt. Es will wissen, ob ihr Mumm in den Knochen habt", lachte Peter Hansen und holte eine Kiste aus der Kajüte.

„Hier, darum hatte Opa Witt Hilde per Funk gebeten: Verbands- und Mückenzeug, Batterien, Taschenlampen, ein Nachtsichtgerät und ein Navigationsgerät. Grüßt ihn von mir. Ich muss in der Zwischenzeit hier am Boot was reparieren. In zwei Stunden fahren wir wieder ab. Und nicht vergessen …!"

„Ja, wissen wir!", rief Anna. „Nicht in den Kiefernwald."

„Wieso nicht?", wollte Lukas wissen.

„Absolutes Naturschutzgebiet. Außerdem ist da eine Bienenzucht."

Lukas nahm die Kiste von Peter Hansen entgegen. Als er an Land stieg und sich umsah, hatte er auf einmal ein komisches Gefühl. Da gab es einen seltsamen Turm und mehrere Gebäude, die langsam zu verfallen schienen. Zwischen den Kiefern konnte man jedoch ein schönes Anwesen erahnen. Trotzdem war er wachsam. Die Insel strahlte irgendetwas Mysteriöses aus.

„Okay, wir liefern das erst mal alles ab und dann zeigen wir dir die Insel", entschied Anna. Die Kiste hatte einen Henkel an jeder Seite und so trugen die beiden Jungs sie gemeinsam den schmalen Weg entlang zum Haus, das sich beim Näherkommen als ziemlich groß erwies.

Es war ein roter Backsteinbau mit grünen Fensterrahmen, zwei Seitenflügeln und einem Haupthaus mit rotem Ziegeldach. Eine rustikale Holzbank lud zum gemütlichen Sitzen vor dem Haus ein. Ein paar Bäume spendeten angenehmen Schatten und überall summte und brummte es. „Ganz nett hier, aber ganz allein auf so einer Insel ist es nachts bestimmt unheimlich", überlegte Lukas.

„Wieso? Hast du Angst vor Klabautermännern?", lachte Lisa.

„Hey, Klabautermänner sind gut", korrigierte Finn.

„Ja, wenn sie dich mögen und du ihnen was Leckeres zu essen gibst."

Lukas verstand kein Wort. „Was sind denn nun wieder Klabautermänner?"

„Eine Spezialität aus dem Norden. Das kannst du heute Abend mal Hilde fragen", antwortete Lisa. „Die wird dir dazu einiges erzählen können."

Sie hatten das Haus erreicht, als plötzlich die Tür aufging und ein bärtiger, kräftiger Mann herauskam. Sah Peter Hansen schon aus wie ein Seebär, tat es Opa Witt noch viel mehr.

„Hallo Kinder, ich dachte Peter kommt?", fragte Opa Witt ungehalten.

„Der ist unten beim Boot geblieben, was reparieren."

Der alte Witt schaute zum Haus und dann schnell wieder zu den Kindern, als habe er es eilig. „Na gut, dann gebt mal her."

„Zeigst du uns den Turm?"

Opa Witt fuhr herum und blickte Anna zornig an. „Nein! Ich hab zu tun", sagte er barsch, ging mit der Kiste ins Haus und warf die Tür hinter sich zu.

„Ich verstehe langsam, was ihr mit ‚mürrisch' meintet", sagte Lukas.

Lisa schüttelte den Kopf. „So krass hab ich das auch noch nicht erlebt."

„Ist doch logisch", meinte Finn, „wenn man den ganzen Tag allein auf der Insel hockt, wird man eben ein bisschen komisch. Du würdest hier doch schon nach zwei Tagen Panik kriegen. Vor allem nachts", sagte Finn zu Lisa mit gespielt unheimlicher Stimme.

„Sehr witzig. Du bist doch selbst so ein Schisser. Guckst du vor dem Schlafengehen eigentlich immer noch unters Bett, weil du glaubst, da hockt die Seeschlange?"

„Jetzt hört auf, euch zu streiten! Schauen wir uns lieber die Insel an."

Lisa und Finn tauschten noch einmal böse Blicke aus, dann folgten sie Anna, die einen schmalen Pfad um das Haus herum entlanglief.

„Was ist denn die Seeschlange?", wollte Lukas wissen.

„Ein altes Usedomer Märchen", antwortete Lisa, die sich mit Ostseelegenden auszukennen schien, auch wenn sie nicht mehr verriet. „Da vorn ist der Kiefernwald."

„In den wir nicht reindürfen", erinnerte Lukas.

Anna drehte sich kopfschüttelnd zu Lukas um. „Sag mal, bist du so was wie die Polizei hier? Machst du alles, nur weil Erwachsene es sagen?"
„Nein, aber … die Bienen …?", stammelte Lukas. Irgendwie schaffte es Anna immer wieder, ihn in eine Streberecke zu stecken, was ihn ganz schön ärgerte.
Lisa klopfte Lukas aufmunternd auf die Schulter. „Anna hat recht. Vor Jahren hat man rausgefunden, dass sich Bienenvölker auf der einsamen Insel Ruden gut vermehren. Wenn man vorsichtig ist, passiert nichts."
„Die werden dich schon nicht stechen. Außerdem sind die ganz am Ende", beruhigte ihn nun auch Anna.
Zu viert folgten sie dem schmalen Pfad, der in den Kiefernwald führte. Ein Schild wies darauf hin, dass das Betreten bei Strafe verboten war. Achtlos ging Anna an der Warnung vorbei. Schon nach wenigen Metern wurde der Wald sehr dicht. Die Kiefern wuchsen kreuz und quer und ihre Stämme waren vom Wind gebogen. Einige sahen aus, als ob sie sich um sich selbst gedreht hätten.
„Da vorne ist das Westufer. Da gehen wir am Steinufer einmal um die Insel."
Kaum hatten sie die letzte Baumreihe passiert und den schmalen Uferstreifen aus Kieselsteinen erreicht, sah Lukas etwas Merkwürdiges. „Was ist das denn?", fragte er und deutete auf das stufenförmige Etwas, das weiter oben am Strand unter Bäumen zu erkennen war.
„Das schauen wir uns an!" Finn sprintete los und alle drei rannten hinterher. Was Lukas als Stufen wahrgenommen hatte, entpuppte sich beim Näherkommen als eine Anzahl aufgestapelter Kisten, die notdürftig mit Kiefernzweigen bedeckt worden waren. Sie hatten die Kisten fast erreicht, als plötzlich lautes Knacken zu vernehmen war und ein großer, schwarzgekleideter Mann aus dem Wald stürzte, um ihnen den Weg zu versperren.
„Keinen Schritt weiter!", schrie er sie an. Seine strähnigen dunklen Haare fielen ihm ins unrasierte Gesicht und gaben ihm etwas Unheimliches.
„Oder was?", entfuhr es Lukas.
„Oder ich …", setzte der Mann an und griff in seine Jacke. Doch plötzlich rauschte ein Funkgerät und er zog die Hand wieder aus der Jacke und griff stattdessen an seinen Gürtel. Der Mann wandte sich ab und Lukas konnte

nicht hören, was er in das Walkie-Talkie sagte, aber als er sich wieder umdrehte, lächelte er auf einmal freundlich. „Ihr guckt euch ein bisschen die Insel an, was?"

„Ja. Und Sie?", wollte Anna wissen.

„Das ist Naturschutzgebiet hier", gab der Mann mit ernster Miene von sich, ohne auf Annas Frage einzugehen. „Betreten verboten."

Lukas trat einen Schritt vor. „Was machen Sie dann hier?"

„Du bist ein ganz Neugieriger, was?"

„Sagen Sie doch einfach, was Sie hier machen und was in den Kisten ist." Lisa hatte einen versöhnlichen Ton angeschlagen, als ob es gelte, einen Streit zu schlichten.

Das Funkgerät piepste kurz, aber der Mann beachtete es nicht und schaute nur durchdringend von einem zum anderen. „Ich bin", fing er an, „Bienenzüchter und in den Kisten ist …"

„Honig?", fragte Anna spitz.

„Nein. Ein Bienenvolk. Ihr solltet euch vorsehen. Bienenstiche können sehr schmerzhaft sein."

„Opa Witt hat gar nicht erzählt, dass er Besuch vom Bienenzüchter bekommen hat."

Der Mann verzog keine Miene. „Tja, muss er wohl vergessen haben. Ich muss jetzt weiterarbeiten. Ihr geht besser zurück, ich lass jetzt nämlich die Bienen frei."

„Kein Problem. Warten Sie einfach, bis wir da oben um die Ecke sind", schlug Anna mit zuckersüßer Stimme vor und marschierte weiter Richtung Norden, ohne eine Antwort abzuwarten. Sie schien sich nicht im Geringsten von dem barschen Ton des Bienenzüchters beeindrucken zu lassen.

Der wollte noch etwas erwidern, machte dann aber eine wegwerfende Bewegung mit der Hand, als wollte er sagen: „Macht doch, was ihr wollt!". Als er sich wegdrehte, fiel ihm, ohne dass er es bemerkte, ein Zettel aus der Tasche.

Instinktiv hob Lukas ihn auf und steckte ihn ein. „Also die einzigen beiden Menschen, denen wir bisher begegnet sind, sind ziemlich schräge Vögel."

„Kann sein", gab Anna von sich.

Der Kies knirschte unter ihren Füßen, als sie weiter am Strand entlanggingen und einen Bogen nach rechts machten. Lukas wunderte sich. Eben war sie noch so kampflustig gewesen und jetzt schien ihr schon wieder alles egal zu sein.

„Ich mein', fandet ihr das nicht merkwürdig? Euer Opa Witt verhält sich komisch und dann erscheint dieser unheimliche Typ und behauptet, er sei Bienenzüchter. Dabei sah der gar nicht so aus. Haben die nicht so große Hüte mit Netzen auf, um sich vor den Bienen zu schützen?"

Anna blieb stehen und stemmte die Hände in die Hüften. „Du guckst zu viele Filme, Herr Kommissar. Auf Ruden gibt's wirklich eine Bienenzucht, das weiß jeder hier. Und es sind halt nicht alle Menschen immer nur freundlich." Annas grüne Augen funkelten.

„Ich sag ja nur, dass ich das alles ein bisschen komisch finde." Lukas faltete den Zettel auseinander. Er war übersäht mit Strichen und Punkten.

„Was ist das?", wollte Finn wissen, der Lukas über die Schulter guckte.

„Keine Ahnung, das hat der Typ verloren."

„So etwas hab ich schon mal gesehen", erinnerte sich Lisa. „Das hat irgendwas mit der Seefahrt zu tun."

„Also ich glaub ja, das ist nur Gekritzel", gähnte Anna. „aber wenn ihr meint, da steckt was Geheimnisvolles dahinter, weiß ich, wen wir fragen können."

Finn nickte. Er schien die gleiche Idee zu haben.

* * *

Die Rückfahrt verlief ohne Probleme. Sie hatten Rückenwind und waren schon nach einer halben Stunde wieder im Hafen. Anna glaubte nicht, dass Lukas' Zettel irgendetwas Spannendes enthielt. Außerdem wollte sie lieber einen faulen Tag im Strandkorb verbringen. Doch Lukas hatte Finn und Lisa angesteckt. Also ging auch Anna mit zum einzigen Ort auf der Insel, wo die Geheimnisse des Meeres zu Hause waren: zur „Schatzkiste" vom alten Knut.

„Ja", lächelte der Seemann, „ich weiß, was das ist."

„Was denn?", wollten Lukas, Finn und Lisa wissen, während Anna sich im Laden umsah.

Hier gab es immer was zu entdecken. Den alten Taucheranzug, der am Haken an der Wand hing, fand sie am coolsten.
Knut setzte seine Brille auf und ging an ein Regal.
„Hilde hat mir erzählt, du hättest letzte Nacht von einem Wolf geträumt?“, fragte der Alte unvermittelt Lukas, während er auf eine Holzleiter stieg und ein altes Buch aus dem Fach zog.
„Ich hab ihn auch gesehen!“, sprudelte es aus Anna heraus.
„Oh Mann, wie oft soll ich's noch sagen: Das war ein weißer Schäferhund! Berger Blanc Suisse heißt die Rasse“, stöhnte Finn auf. „Du hast geträumt!“
Anna konnte nicht anders, sie musste Finn einen Stoß in die Rippen geben. Sie wusste, was sie gesehen hatte, und das war kein Schäferhund gewesen.
„Na ja, ich glaub, ich hab das nicht geträumt. Der Wolf war bei den Witts im Garten.“
„Bei uns war er auf dem Steg“, ergänzte Anna Lukas' Bericht.
Knut stieg mit seinem Buch die Holzleiter wieder hinunter. „Sehr interessant. Kommt! Wir setzten uns draußen hin, da ist mehr Licht.“
Nebeneinander nahmen sie auf einer Bank vor Knuts Laden Platz. Umständlich öffnete der alte Mann sein Buch. „Ah ja, hier ist es.“ Er drückte Anna den Zettel mit den Strichen und Punkten in die Hand. „Was ihr hier habt, ist ein Morsecode.“
„Hah, so was hab ich mir gedacht“, entfuhr es Lisa.
Anna hatte keine Ahnung, was das sein sollte. Knut schien ihre Ratlosigkeit zu ahnen. „Der Strich steht für einen langen Ton, der Punkt für einen kurzen. Jeder Buchstabe im Alphabet hat nun eine bestimmte Kombination aus Strichen und Punkten. Mit einem Funkgerät kann man so jemandem eine Nachricht mit kurzen und langen Tönen zukommen lassen. Früher war das weit verbreitet. Gesprochenes konnte man auf große Entfernung mit einem Funkgerät bei einer schlechten Verbindung mitunter kaum verstehen, aber kurze und lange Töne waren einfach zu übermitteln.“
Anna konnte nichts dagegen tun: Auf einmal fand sie es irgendwie doch spannend herauszufinden, was die Botschaft auf dem Zettel war. „Dann stehen die ganzen Striche und Punkte hier also für Buchstaben?“

„Genau", nickte Knut. „Und die Buchstaben ergeben Wörter und das ist dann die Nachricht."
„Aber warum macht man es so kompliziert?", wollte Finn wissen und strich sich durch die blonde Mähne. „Heute sind die Funkgeräte doch besser und Mobiltelefone gibt's auch."
„Richtig. Und nicht nur das. Kaum einer weiß noch, wie man morst oder einen Morsecode entziffert. Wer heutzutage trotzdem eine Nachricht morst, macht das aus Liebhaberei."
„Oder weil er etwas Geheimes übermitteln will", sagte Lukas.
„Da kommt wieder der Kommissar in dir durch", grinste Anna, doch Lukas beachtete sie gar nicht. „Was steht da nun?", wollte er wissen.
„Bin schon dabei, junger Mann. Ich hab das lange nicht mehr gemacht und muss selbst immer wieder gucken, ob ich richtigliege. Also hier steht …"
Knut schaute abwechselnd vom Buch auf den Zettel, den Anna ihm hinhielt. Mit einem Bleistift schrieb er Buchstaben auf ein Stück Papier. Anna drehte den Kopf und las:

ANKUNFT SEAGRAS VERZÖGERT. NEUER TERMIN AUF CH 17 WED JULY SIEBEN ZWEI.

Zufrieden legte Knut den Bleistift aus der Hand und holte eine Tabakpfeife aus seiner Hosentasche. „Geht ja doch noch!", sagte er zufrieden und zündete sich seine Pfeife an. Ein süßlicher Vanilleduft umwehte die vier.
„Aber was soll denn das jetzt heißen?", fragte Anna.
Knut stieß einen Rauchkringel aus und schaute in den blauen Himmel, als liege die Antwort dort irgendwo verborgen. „Ich hab keine Ahnung", sagte er ruhig. Ihm schien es vollkommen auszureichen, dass er den Code hatte entziffern können. Was die Botschaft bedeutete, schien ihn nicht zu interessieren.
Knut drückte Anna das Buch in die Hand. „Sei doch so lieb und packe es wieder in das Regal. Vielleicht hilfst du ihr?", wandte er sich an Lukas. „Die alte Leiter ist etwas wackelig. Packt es neben die Steintafel, die da oben steht, okay?"

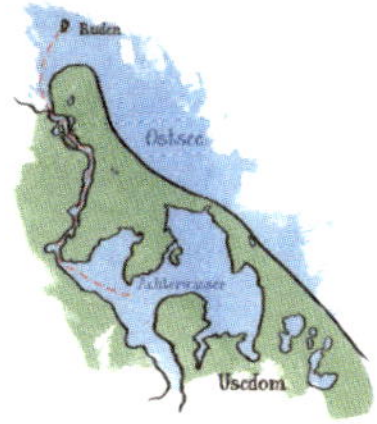

Anna zuckte mit den Achseln. Als sie neben Lukas den schummrigen Trödelladen betrat, hielt der sie am Ärmel fest. „Was denkst du?"
„Worüber?"
„Na über die Botschaft?"
„Keine Ahnung, lass uns nachher …"
„Kinder, das linke Regal!", unterbrach Knut von draußen.
Anna schob Lukas auf die Holzleiter zu. „Hier, du bist doch Bergsteiger. Rauf mit dir!"
Anna hielt die knarzende Holzleiter fest, während Lukas nach oben stieg. Als er nach einer Weile nicht wieder nach unten kam, schaute sie hoch. Na toll, jetzt schmökerte der in irgendwelchen Büchern rum. „Komm wieder runter, ich will an den Strand!"
Doch Lukas rührte sich nicht. Wie versteinert stand er oben auf der Leiter und hielt irgendetwas in den Händen.
„Lukas?"
„Komm mal her, das ist unglaublich."
Oh Mann, das war so typisch Jungs. In so einem Kramladen konnten sie echt Wochen zubringen, während draußen das schönste Wetter war.
Seufzend ging sie zur Leiter, damit Lukas merkte, wie wenig Lust sie hatte, sich jetzt irgendeinen alten Käse anzuschauen, der hier in den Regalen rummoderte. Lukas hielt eine Art Steinplatte in der Hand, die etwa so groß war wie ein Papierbogen. Genau konnte sie es nicht sehen, weil Lukas einen halben Kopf größer war als sie.
„Was ist denn?"
„Das ist … echt krass …"
Anna schaute ihm über die Schulter. Die Steinplatte sah aus, als ob sie früher einmal an einem Gebäude gehangen hatte. Sie musste schon sehr alt sein. Man konnte die Inschrift kaum noch lesen, aber nach den ersten Zeilen stockte auch Anna der Atem.

5.

Die Prophezeiung

Anna las den Spruch gleich zweimal, weil sie es beim ersten Mal nicht glauben konnte. Eingeritzt in den Stein stand dort geschrieben:

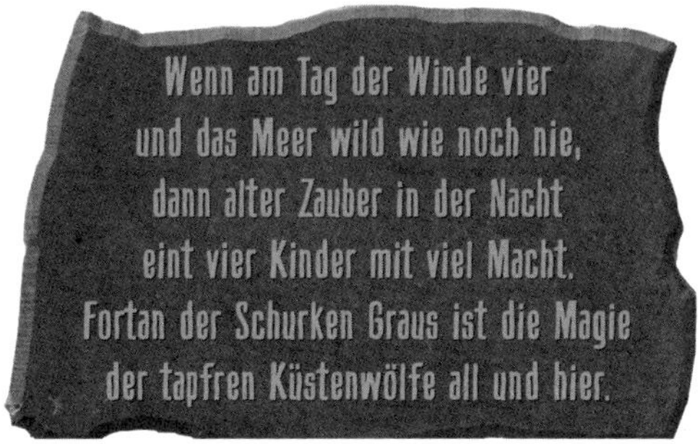

Anna schaute Lukas an. Sie wusste nicht, was sie sagen sollte.
„Das kann Zufall sein", flüsterte sie, glaubte es aber selbst nicht. Sie waren vier Kinder und mindestens zwei hatten in der Nacht zuvor einen Wolf gesehen oder glaubten das zumindest.
„Das schenk ich euch!", rief der alte Knut von draußen herein. Anna sah, dass er sich nicht einmal umgedreht hatte. Das bedeutete, er wusste, was sie gefunden hatten. Wahrscheinlich hatte er sogar gewollt, dass sie die Inschrift fanden.
Anna wurde mulmig. Sie hatte ihr ganzes Leben an der Küste verbracht, kannte jede Düne und jeden Kutter von Ruden bis zur Südspitze der Insel, aber noch nie hatte sie von so einer Prophezeiung gehört. Seit Lukas auf die Insel gekommen war, war plötzlich alles anders. Sie schüttelte den Kopf, als wollte sie den Gedanken loswerden. „Alles Blödsinn! Nimm du es mit, wenn du es unbedingt haben willst."

Ihren Eltern gegenüber erwähnten Anna und Lisa nichts von ihrer Begegnung auf der Insel. Und die Inschrift stellte Anna ihrer Schwester später so lächerlich

dar, dass diese sie überhaupt nicht ernst nahm. Lisa hatte nämlich ein Faible für alte Sagen und Märchen und würde sich bestimmt in was hineinsteigern.
Finn, der nachmittags bei seinen Eltern in der Korbmacherei helfen musste, war Gott sei Dank sowieso ein klarer Denker. Mit Magie und Hokuspokus brauchte man dem gar nicht zu kommen. Trotzdem erzählte keiner der vier jemandem von der unheimlichen Begegnung mit dem Bienenzüchter. Anna hatte das auch schon bald vergessen, denn für die nächsten Tage hatten sich neue Segelschüler bei den Hansens am Achterwasser angemeldet und so hatte jeder zu tun. Boote mussten gesäubert, Segel kontrolliert und Ruderanlagen befestigt werden. An den beiden Stegen wuselte die ganze Familie Hansen herum wie Ameisen.
Beim Abendbrot vor dem Haus war Anna dann todmüde, aber auch glücklich. Am Meer war immer etwas los und im Sommer konnte man den ganzen Tag draußen was machen. Ihr Vater erzählte von der Segelbefestigung, die er im kleinen Hafen von Ruden repariert hatte. Ihre Mutter nickte dazu ab und zu oder gab einen Brummton von sich, der signalisieren sollte, dass sie noch zuhörte.
Abends wurde ihr Vater immer eine richtige Quasseltüte, dafür kroch er morgens wie ein Zombie durchs Haus und war kaum ansprechbar. Das war allerdings genau die Zeit, in der ihre Mutter nach einer Tasse Kaffee wie ein Wasserfall reden konnte. Der Vorteil hierbei war, dass immer nur einer der Erwachsenen redete – einer morgens und einer abends – und man so weniger doofe Fragen gestellt bekam. Wenn ihre Eltern gewusst hätten, wo Anna mit Lisa schon alles mit dem Boot hingefahren war, hätte es todsicher ein paar unangenehme Fragen gegeben.
Anna nahm sich ihren Nachtisch, eine Portion Milchreis mit Apfelmus, mit aufs Zimmer. Sie liebte es, beim Lesen abends im Bett nebenher was Süßes zu löffeln, auch wenn man dann zum Zähneputzen noch mal aufstehen musste.
Sie wollte gerade nach ihrem Buch greifen, als sie merkte, dass Lisa in ihrem Bett schon eingeschlafen war. Ihre Schwester las nun schon seit Wochen immer in demselben Buch, weil sie es an keinem Abend schaffte, mehr als ein paar Zeilen zu lesen, bevor ihr die Augen zufielen. Bei diesem Gedanken merkte Anna gar nicht, wie sie selbst langsam wegschlummerte.

Am nächsten Morgen weckte sie ein schmatzendes Geräusch. Jemand rülpste genüsslich und sie hörte tapsende Schrittchen. Klipp-klapp, das Fenster wurde geöffnet und geschlossen und dann war es ruhig.
Anna schlug die Augen auf. Sie richtete sich auf und schaute sich um. Alles schien normal im Zimmer. „Wird wohl ein letzter Zipfel eines komischen Traums gewesen sein", dachte sie und sprang aus dem Bett.
Es war kurz vor acht. Um neun wollte Lukas für ihre private Segelstunde vorbeikommen. Um elf kamen dann die neuen Segelschüler und alle Boote wurden gebraucht. Heute würde Lukas lernen müssen, das Großsegel zu halten und gleichzeitig zu steuern, entschied sie. Dann konnte er theoretisch schon alleine segeln, wenn er sich nicht zu doof anstellte. Allerdings brauchte man schon einige Tage Praxis, damit man die Angst davor verlor, etwas könnte schiefgehen.
Oh Gott, wenn sie daran dachte, wie oft sie ihr Segelboot am Anfang vor Panik ins Schilf gesteuert hatte, musste sie lachen. Lukas war schon okay. Er dachte sich vielleicht ein bisschen zu viele Geschichten aus und war ein bisschen zu neugierig, aber sie mochte, dass er nicht so schnell aufgab, wenn er sich was in den Kopf gesetzt hatte. Bestimmt hatte er Hilde nach den Klabautermännern ausgefragt. Womöglich hatte er ihr auch die Steintafel gezeigt.
Gerade wollte sie ins Badezimmer, um sich fertig zu machen, als ihr Blick auf die Kommode fiel, auf der sie am Vorabend ihren Milchreis abgestellt hatte, ohne ihn anzurühren, weil sie so schnell eingeschlafen war. Sorgsam ausgelöffelt stand die kleine Schale in der Morgensonne.
Wie konnte das sein? Anna schaute sich um. Ihre Schwester lag noch im Bett und schlummerte selig. Außerdem aß sie nie etwas auf dem Zimmer. Sie gerieten sogar regelmäßig darüber in Streit, weil sich Lisa über den Geruch von Pudding, Äpfeln und Milchreis beschwerte, die Anna zum Naschen immer mit ins Zimmer nahm.
Ein Windstoß stieß das Fenster auf und kühle Morgenluft wehte hinein. Jetzt wurde Anna doch etwas mulmig, denn ob das Fenster geschlossen war, kontrollierten sie und Lisa jedes Mal doppelt vor dem Schlafengehen. Und sie war sich hundertprozentig sicher, dass sie das gestern nicht vergessen hatten. Wer oder was hatte also bitteschön ihren Milchreis verputzt und das Fenster offen gelassen?

* * *

„Hallo? Alles in Ordnung?", hörte Lukas die Stimme seiner Mutter wie aus weiter Ferne fragen. Er hatte nicht gehört, wie sie an die Tür geklopft hatte, um ihn zu wecken, und auch nicht, wie sie anschließend ins Zimmer gekommen war, als sie keine Antwort erhalten hatte. Das konnte er eigentlich überhaupt nicht leiden. Er platzte ja auch nicht überall ungefragt herein.

Eine Hand berührte ihn an der Schulter. „Lukas?"

„Was denn?"

„Du starrst die ganze Zeit auf das Papier von dem Schokoriegel."

„Schokoriegeln! Es waren zwei", berichtigte er.

„Na gut, dann waren es eben zwei. Und?" Seine Mutter schaute ihn besorgt an. Er kannte diesen Blick. Den hatte sie zum Beispiel gehabt, als er vor einem Jahr mit seinem zerbrochenen Skateboard nach Hause gekommen war. Er war abgerutscht und das Board war zurück auf die Straße gerollt, wo ein Auto gerade aus der Parklücke fuhr und es mit dem Hinterreifen knirschend zerteilte. Damals hatte es eine Latte von neuen Geboten und Vorsichtsmaßnahmen gehagelt, die er alle einhalten sollte. Zum Beispiel sollte er Skateboard nur noch in einer Halle fahren. Offiziell tat er das dann, aber er achtete höllisch darauf, dass seine Eltern ihn nicht bei einer seiner inoffiziellen Fahrten im Karree überraschten. Jetzt hieß es gut abzuwägen, was er seiner Mutter antworten sollte.

„Ähm, mir ist gerade klar geworden, wie ungesund Schokoriegel sind", sagte er mit seinem aufrichtigsten Gesicht. Die Züge seiner Mutter entspannten sich. Sie war eine absolute Gesundheitsfanatikerin und Ernährung war ihr Topthema.

Sein Vater und er hatten eine Angewohnheit, von der seine Mutter daher auf keinen Fall etwas wissen durfte. Einmal in der Woche gingen sie beide zusammen heimlich Hamburger essen. Nicht in den Kettenrestaurants, sondern in richtigen amerikanischen Restaurants, wo man zusehen konnte, wie die Burger auf dem Holzkohlegrill gewendet wurden.

Die Gemüseeintöpfe seiner Mutter waren zwar lecker, weil sie immer gut gewürzt waren, das musste er zugeben. Aber einmal pro Woche musste es einfach ein

Burger sein. Und so was würde seine Mutter nicht mal mit spitzen Fingern anfassen. Genau wie Schokoriegel.
„Das ist doch schön, dass dir das bewusst geworden ist", flötete seine Mutter beschwingt. „Soll ich Hilde sagen, dass sie dir ein leckeres Obst-Müsli machen soll?"
„Ja, das wäre wunderbar." Lukas rang sich ein erleuchtetes Lächeln ab, als seine Mutter anerkennend nickend aus dem Zimmer ging. Kaum war die Tür zu, griff Lukas nach den Papierresten seiner Lieblingsriegel. Er hatte sie sich extra gestern auf dem Nachhauseweg an einem Kiosk für die heutige Segelstunde bei den Hansens gekauft. Wenn er den erwischte, der sie heimlich aufgegessen hatte, würde es Ärger geben.
„Hast du meine Schokoriegel aufgefuttert?", fragte er seinen Vater beim Frühstück, als seine Mutter in Hildes Küche frischen Kaffee holte.
Ohne eine Miene zu verziehen, zog sein Vater zwei Riegel seiner Lieblingsmarke aus der Hosentasche. „Ich hab meine eigene Ration", flüsterte er. „Willst du einen abhaben?"
Lukas winkte ab. Sein Vater mochte Kokosflocken in seinen Riegeln, was nicht so sein Fall war. Hm, komisch. Sein Vater schied als Schokoriegeldieb also aus. Wer sonst kam noch in Betracht?
Hilde kam mit seiner Mutter aus der Küche und sein Vater ließ seine Naschration elegant verschwinden.
„Du wolltest doch wissen, was Klabautermänner sind, stimmt's?"
Lukas nickte und Hilde Witt machte ein vielsagendes Gesicht. „Also, nach den Sagen und Mythen der Weltmeere sind Klabautermänner kleine, fleißige Kobolde, die gerne zur See fahren. Solange man ihnen etwas zu Essen hinlegt, helfen sie einem bei allen möglichen Schiffsarbeiten und auch zu Lande. Obwohl sie klein wie Gartenzwerge sind, sind sie tüchtige Seeleute und können helfen, jedes Schiff durch den schwersten Sturm zu steuern. Sie tragen gerne spitze Mützen und rote Hosen. Aber wenn man sie ärgert oder vergisst, werden sie ungemütlich."
„Was ist dann?"
„Dann klabautern sie. Ein altes Wort für ‚Krach machen'. Dann scheppert, rumst und bumst es auf den Schiffen, dass man sich die Ohren zuhalten muss."

„Lustige Geschichte", grinste Lukas. Auch wenn er nun wahrlich aus dem Alter für Märchen raus war, fand er Hildes Story witzig.
Ihre Gastgeberin nahm die kleine Steinplatte aus Knuts Laden von einer Anrichte und setzte sich zu Lukas und seinen Eltern. „Das hier", lächelte sie, „ist auf den ersten Blick ein bisschen geheimnisvoll. Eine mysteriöse Prophezeiung. Ein Wolf, der nachts auftaucht, vier Kinder und Ganoven, die bald nichts mehr zu lachen haben werden. Die Inschrift hing mal an einem Haus, in dem vor rund 100 Jahren eine Schule untergebracht war. Wahrscheinlich ist sie das Ergebnis einer Deutschstunde. Die Kinder haben etwas gereimt und im Werkunterricht haben sie es dann in Stein gemeißelt."
„Das haben wir früher auch mal gemacht. Gar nicht ungefährlich", sagte sein Vater, und alle schauten ihn fragend an.
„Also das Meißeln, meine ich. Dazu braucht man scharfe Werkzeuge. Das ist gefährlich", ergänzte er, ganz Risikomanager.
„Hier auf Usedom liebt man alte Geschichten", klatschte Hilde Witt in die Hände und erhob sich. „Mein Mann könnte dir noch mehr erzählen, aber der ist noch eine Woche auf Ruden. Wenn du hier an der Küste einen Wolf sehen solltest oder jemand dir Süßigkeiten klaut, dann geben wir gleich dem Heimatmuseum Bescheid, dass die Klabautermänner zurück sind", lachte sie und dabei kam Lukas auf einmal ein Verdacht.
Könnte es sein, dass Hilde Witt vielleicht seine Riegel genascht hatte? Sie hatte Zugang zu allen Zimmern. Vielleicht dachte sie ja, sie könne durch dieses alberne Kindermärchen von den Klabautermännern den Verdacht von sich lenken. Lukas beugte sich etwas vor und linste in die Küche, wo Frau Witt die Geschirrspülmaschine ausräumte. Als sie ein paar Tassen in den Schrank räumte, traute Lukas seinen Augen nicht. Der halbe Schrank war mit Süßigkeiten gefüllt!

Nach dem Frühstück schnappte sich Lukas ein Fahrrad und machte sich auf den Weg zu den Hansens. Hilde Witt war auf jeden Fall verdächtig, soviel stand fest. Als er durch den Ort fuhr, kamen ihm zwei Polizeiautos entgegen. Instinktiv schaute er, ob er Licht am Fahrrad hatte, falls er kontrolliert werden sollte, aber die Fahrräder

POLIZEI

der Witts waren tipptopp in Ordnung. An einem Kiosk am Strand hielt er kurz und kaufte zwei neue Schokoriegel. Diese Nacht würde er dem Dieb eine Falle stellen.

Das Reetdachhaus der Hansens erschien und Lukas rollte den Hügel hinunter zum Hafen. Durchs Fenster sah er, wie Peter Hansen und seine Frau Unterrichtsmaterialien für die Segelschüler auf den Tischen verteilten. Sobald er vierzehn war, würde er auf jeden Fall den amtlichen Segelschein machen, dachte Lukas in diesem Moment.

„Da ist er ja!", rief Anna vom Steg, wo sie mit Lisa und Finn angeregt diskutiert hatte. Als ob er Geschenke zu verteilen hätte, stürmten die drei auf ihn zu. Ganz offensichtlich wollten sie etwas von ihm.

„Lukas, eine einfache Frage: Hat Opa Witt gestern Hilde besucht?", fragte Anna und gab den anderen mit einer herrischen Geste zu verstehen, dass sie seine Antwort abwarten sollten. Lukas überlegte.

„Nein, sie hat gerade eben noch gesagt, dass er erst in einer Woche wiederkommt."

„Siehst du?", wandte sich Anna triumphierend an Finn, der trotzig die Arme verschränkte.

„Ich weiß, was ich gesehen habe."

„Was denn?", wollte Lukas wissen, doch er sollte keine Antwort mehr erhalten, denn in diesem Moment hielt einer der Polizeiwagen, denen er kurz zuvor begegnet war, mit knirschenden Reifen auf dem Kies vor dem Haus.

„Hallo Hein!", grüßte Peter Hansen den schlanken blonden Mann, der aus dem Auto geklettert kam und seine Dienstmütze aufsetzte.

„Moin Peter. Na, neue Schüler im Anmarsch?"

„Die ganze Saison voll ausgebucht."

„Freut mich. Du, ich wollt nur kurz mal nachfragen, ob euch was aufgefallen ist." Polizist Hein kam auf Lukas, Anna, Finn und Lisa zu. „Und ihr wisst doch auch immer Bescheid."

„Worum geht's?", fragte Peter interessiert.

„Beim alten Knut ist gestern Nacht eingebrochen worden."

„Was?“, entfuhr es Anna.
„Ja, ziemliches Chaos in seinem Laden.“
„Das ist doch immer so bei Knut“, sagte Finn und erntete einen langen Blick von Hein. Lukas merkte, wie die Situation irgendwie eigenartig wurde.
„Er hat gesagt, ihr wart gestern die letzten in seinem Laden.“
„Hein, was soll denn das?“, entfuhr es Peter Hansen. Hein machte eine beschwichtigende Geste.
„Weiß ich doch, dass die Kinder nichts damit zu tun haben. Aber ihr seht doch immer mehr als Erwachsene. Ist euch irgendwas Außergewöhnliches aufgefallen?“
Alle vier schüttelten den Kopf.
„Muss ja nicht im Laden gewesen sein. Irgendwelche merkwürdigen Gestalten, die rumgeschlichen sind? Hier oder sonst wo?“
Lukas warf Anna einen verstohlenen Blick zu, aber die schüttelte unmerklich den Kopf und gab ihm somit zu verstehen, die Klappe zu halten und nichts von ihrer Begegnung mit dem seltsamen Bienenzüchter auf der Insel zu erzählen.
„Wir waren gestern auf Ruden, den alten Witt besuchen.“
„Dann ist euch also nichts aufgefallen?“
Wieder schüttelten die vier den Kopf. Lukas glaubte für einen Moment, ein kurzes Lächeln auf dem Gesicht des Polizisten zu sehen, als ob er merkte, dass sie ihm etwas verschwiegen.
„Wurde was gestohlen?“
Hein nickte. „Das ist ja das Merkwürdige: ein bisschen Geld aus der Kasse, ein paar Taue und ein alter Taucheranzug. Dabei hat Knut ganz andere Sachen im Laden, die wirklich was wert sind.“
„Irgendeinen Verdacht?“, fragte Peter.
Hein holte eine Plastiktüte aus dem Polizeiwagen und hielt sie ihnen hin.
„Hat der Einbrecher verloren.“
Lukas stockte der Atem und er spürte, wie auch die anderen an sich halten mussten. In der durchsichtigen Tüte steckte das Funkgerät des angeblichen Bienenzüchters, dem sie gestern am Ufer von Ruden begegnet waren.

6.

Auf der Lauer

„Das ist ein stinknormales Funkgerät, wie es viele hier haben", protestierte Anna. Sie hatten mit dem Segelboot ein paar Runden auf dem Achterwasser gedreht und sich dann außer Sichtweite ein ruhiges Plätzchen im Schilf gesucht. Es gab einiges zu besprechen.

„Okay, fassen wir zusammen", räusperte sich Lukas. „Wir haben eine rätselhafte Morsenachricht. Süßigkeiten verschwinden aus Zimmern, ein verdächtiger Bienenzüchter treibt sich auf Ruden herum, bei Knut wird eingebrochen, der Dieb klaut Geld, Taue und einen alten Taucheranzug und verliert dabei ein Funkgerät."

„Vergiss nicht den Wolf, den ihr beide gesehen haben wollt, und die alberne Prophezeiung", ergänzte Finn und hielt die Füße ins Wasser.

Lisa runzelte die Stirn. „Also, ich kann da keinen Zusammenhang erkennen. Das eine sind irgendwelche alten Märchen, und dass Oma Süßigkeiten in ihrem Küchenschrank hortet, macht sie auch noch nicht zu einer Verbrecherin. Und Einbrecher gibt's halt überall."

Lukas musste zugeben, dass da was dran war.

Finn räusperte sich. „So, vielleicht darf ich jetzt Lukas endlich mal erzählen, was ich gestern Nacht beobachtet habe." Anna stöhnte auf, doch Finn sprach einfach weiter. „Gegen zwei Uhr nachts hab ich vor Ruden komische Lichter im Wasser gesehen und eine halbe Stunde später ist ein Boot ohne Lichter nach Usedom übergesetzt. Gegen drei ist es zurückgefahren und ich konnte sehen, dass es eindeutig der Fischerkahn vom alten Witt war."

„Vielleicht war er einfach fischen? Als Fischer nicht ungewöhnlich, oder?", stichelte Anna.

„Er hatte keine Netze geworfen", konterte Finn.

„Na und? Er kann mit seinem Kahn fahren, wohin und wann er will."

„Aber ohne Lichter ist es verboten, und ein Seefahrer wie der alte Witt weiß das auch."
„Hat er es eben mal vergessen."
„Da ist noch etwas, was ich noch nicht erzählt habe."
Alle schauten Finn an, der es zu genießen schien, sie auf die Folter zu spannen.
„Auf dem Boot habe ich mindestens drei Personen gesehen. Selbst wenn der alte Witt mit seinem Kumpel, dem unfreundlichen Bienenzüchter, nachts eine Spritztour macht: Wer war dann der dritte Mann? Und warum erzählt Hilde Witt, dass ihr Mann erst in einer Woche wieder nach Usedom kommt, wenn er doch hier letzte Nacht angelegt hat?"
Das waren alles berechtigte Fragen, aber einiges an Finns Geschichte fand Lukas äußerst merkwürdig. „Wie willst du das eigentlich alles in der Dunkelheit gesehen haben? Ruden ist ein paar Kilometer weg. Und warum bist du überhaupt nachts wach?"
Auf diese Frage schien Finn nur gewartet zu haben. Grinsend zog er die Füße aus dem Wasser und schaute Lukas triumphierend an. „Tja, Sternengucker sehen eben mehr."

Lukas musste zugeben, dass die Sicht verblüffend war. Man konnte sogar die Zeichenfolge auf dem Segel eines Bootes vor der Küste lesen. Das Teleskop war etwa so dick wie sein Oberschenkel und über einen Meter lang. Ein Stativ hielt es ruhig in der Waagerechten. Jetzt war es nach Norden ausgerichtet und zeigte auf die Insel Ruden. Das Haus und der Turm waren zwischen den Bäumen zu erahnen und der dahinterliegende Kiefernwald war deutlich zu sehen.
Finn saß in einem Korbsessel und freute sich offensichtlich über Lukas' ungläubiges Gesicht. Anna und Lisa saßen am Fenster und aßen Erdbeeren, die sie sich auf dem Weg zu Finn gekauft hatten. Das Haus, in dem Finn mit seinen Eltern wohnte, lag nur einen Steinwurf weit weg von der Pension Witt auf einer kleinen Anhöhe.
Von unten aus der Werkstatt drangen Arbeitsgeräusche nach oben. Seit mehr als hundert Jahren wurden hier Strandkörbe geflochten, die auf der ganzen Insel am Strand standen. Es dauerte rund zweieinhalb Tage, bis ein Strandkorb fertig

war. Allein für das Flechten der Haube benötigten die Handwerker acht Stunden. Neben den normalen Modellen gab es auch Sonderbestellungen mit Kühlschrank und Stereoanlage, die noch aufwendiger waren.
Finns Zimmer war praktischerweise unter dem Dach. In der Schräge war eine große Luke, die Finn zur Seite schieben konnte. Ein kleines höhenverstellbares Podest mit einem Stuhl darauf ließ sich nach oben an das geöffnete Fenster kurbeln. Von dort konnte man wie von einem Jägersitz aus mit dem Teleskop nachts den Sternenhimmel betrachten. Oder eben verdächtige Vorgänge auf dem Meer beobachten.
So langsam ergab sich für Lukas ein Bild von den Ereignissen. Er war sich noch nicht ganz sicher, aber vielleicht hingen ein paar Dinge ja doch miteinander zusammen.
„Okay, ein Boot mit drei Personen legt am Ufer an. In derselben Nacht wird bei Knut eingebrochen und das Boot fährt zurück. Nehmen wir mal an, die drei auf dem Boot haben was mit dem Einbruch zu tun. Wenn ich der Dieb wäre: Was mache ich mit Tauen und einem alten Taucheranzug?“
Anna schaute von ihren Erdbeeren auf. Sie war auf einmal hellwach. „Das ist doch ganz klar! Ich will etwas aus dem Meer bergen. Uns ist mal ein Anker ins Achterwasser gefallen, der nicht festgebunden war. Da ist mein Vater getaucht und hat ihn mit einem Seil wieder raufgeholt.“
„Finn, du hattest doch erzählt, da waren Lichter im Wasser.“
„Ja, etwa so eine halbe Stunde lang. Dann kam der Kahn vom Witt und hat angelegt.“
Auf einmal war die Luft voll Spannung. Alle spürten, dass sie auf der richtigen Fährte waren. „Irgendjemand will nicht erwischt werden, wenn er nachts etwas im Meer sucht“, schlussfolgerte Lukas.
„Und dieser Jemand hat ein Problem: Er hat nicht die richtige Ausrüstung dafür“, ergänzte Finn.
„Es ist jemand, der nicht einfach in einen Laden gehen kann, um sie sich zu kaufen, Er muss sie stehlen, weil …“, aber die Antwort darauf fiel Anna nicht ein.
„Weil er kein Geld hat?“, schlug Lisa vor.
„Aber warum nicht? Hm, da kommen wir nicht weiter.“

Lukas zog den Zettel mit der Morsenachricht aus der Tasche und las vor:

ANKUNFT SEAGRAS VERZÖGERT. NEUER TERMIN AUF CH 17 WED JULY SIEBEN ZWEI.

„Scheh Ha schiebzehm isch oinfach", nuschelte Anna.
„Schluck doch erst mal deine Erdbeere runter", grinste Lukas und kassierte einen Knuff in die Rippen.
„Also: ‚CH' steht für englisch ‚Channel', das heißt ‚Kanal'. Auf Funkkanal siebzehn wird also für die Ankunft von ‚SEAGRAS' ein neuer Termin bekannt gegeben."
„Und was soll bitte ‚WED JULY SIEBEN ZWEI' bedeuten?", überlegte Lukas.
Finn kramte ein Schulbuch aus seinem Regal. „Eigentlich wollte ich das in den Ferien nicht anfassen, aber ist ja wohl wichtig." Geschäftig blätterte er, bis er gefunden hatte, was er suchte. „Wusst' ich's doch. ‚WED' ist die englische Abkürzung für ‚wednesday', also Mittwoch."
Lisa sprang von der Fensterbank, dass ihre blonden Haare umherwirbelten und trat an Finns Wandkalender, der über seinem Schreibtisch hing.
„Macht Sinn. ‚JULY' steht für ‚Juli' und morgen ist der siebte, und das ist tatsächlich ein Mittwoch. Bleibt nur noch die ‚ZWEI'."
„Die Uhrzeit", schlug Lukas vor. „Um zwei Uhr nachts wird die nächste Morsenachricht gefunkt. Also heute Nacht."
Finn kurbelte die Plattform herunter und schloss die Dachluke wieder.
„Wir brauchen ein Funkgerät. Und wenn die Diebe was im Meer suchen, werden sie es diese Nacht bestimmt wieder tun."
„Dann müssen wir uns alle bei dir auf die Lauer legen", schlug Lukas vor.

Finns Eltern hatten gerade einen Großauftrag von einem Hotel bekommen und extra neue Handwerker eingestellt, um fünfzig neue Strandkörbe zu bauen. Als Anna und Lisa am Abend mit großen Taschen durchs Haus und die Treppe zu Finns Zimmer hochstiefelten, achtete kaum jemand auf sie. Auch nicht, als sie nicht wieder herunterkamen. Sie hatten zu Hause erzählt, dass sie bei Hilde übernachten

würden und bei Hilde, dass sie diese Nacht wieder am Achterwasser schlafen würden, sodass alle Erwachsenen dachten, sie wüssten, wo sie sind.
Lukas musste sich nachts heimlich aus dem Haus schleichen, aber das war auch kein Problem. Seine Eltern schnarchten um die Wette und würden ihn nicht hören. Und am nächsten Morgen würde er einfach wieder zurück ins Haus flitzen, bevor alle wach wurden. Er hatte das Tauende mit den drei Knoten mitgenommen, das sie am ersten Tag von Knut geschenkt bekommen hatten. Wenn es langweilig würde, wollte er mal probieren, ob er die Knoten lösen konnte.
Finns Dachzimmer wurde zur Beobachtungs- und Funkzentrale ausgebaut. Anna und Lisa hatten dafür aus der Segelschule ein Funkgerät „ausgeliehen“ und außerdem Erdnussflips und Knabberzeug mitgebracht. Finn steuerte Getränke aus dem hauseigenen Kühlschrank bei und Lukas hatte vor, seine Schokoriegel zu spendieren. Musste er dem Schokodieb halt ein anderes Mal eine Falle stellen.
Finn sagte seinen Eltern vorsorglich in der Werkstatt „Gute Nacht“, wo sie noch spätabends herumwerkelten. Er wollte verhindern, dass sie noch mal in sein Zimmer kämen. Gegen Mitternacht wurde es dann im ganzen Haus still. Nur eine Mückenkerze brannte im Zimmer und tauchte alles in ein flackerndes warmes Licht. Die Luke war weit geöffnet und die Sterne leuchteten zu ihnen herab wie tausend winzige Glühbirnen. Sie hatten das Sofa dicht unter die Dachluke geschoben und konnten nun liegend in den Sternenhimmel schauen.
„Alles ruhig da draußen. Im Haus auf Ruden brennt ein Licht, aber im Wasser ist nichts zu sehen“, berichtete Finn.
Anna schaute auf das Funkgerät, das auf Kanal 17 eingestellt war. Es herrschte absolute Funkstille. Jetzt konnten sie nur abwarten und irgendwie die Zeit totschlagen.
„Hilde Witt hat mir übrigens erzählt, was Klabautermänner sind.“
„Glaub ich dir sofort“, lachte Lisa. „Hilde kann viel erzählen. Aber sie ist 'ne Gute. Ich glaub nicht, dass sie irgendwas Böses macht. Sie ist ja schließlich unsere Oma.“
„Genau“, pflichtete Anna ihrer Schwester bei.

„Ja, aber Opa Witt ist nicht euer wirklicher Opa und vielleicht dreht er krumme Dinger."
Anna zuckte mit den Achseln. Lukas saß so dicht neben ihr auf dem Sofa, dass es war, als würde sie ihn anrempeln. „Nur, weil man grummelig ist, ist man ja nicht gleich ein Ganove."
Lukas griff knisternd in die Tüte mit den Erdnussflips. Irgendwie konnte man nicht aufhören, wenn man einmal mit dem Knabbern angefangen hatte.
„Wie ist das eigentlich so in der Großstadt?", fing Anna unvermittelt ein neues Thema an und schaute Lukas von der Seite an. Ihre dunklen Haare streiften sein Gesicht, dass es kitzelte.
„Na ja", fing er an, „viel Verkehr, coole Geschäfte, Kinos." Er musste zugeben, dass die Aufzählung eigentlich nicht der Knaller war. Am ersten Tag, als der Sturm so gewütet hatte, hatte er das alles noch vermisst, aber jetzt musste er sich eingestehen, dass er gar nicht mehr daran gedacht hatte.
„Aber kein Meer."
„Nee, kein Meer. Wir haben Seen in der Umgebung. Da kann man auch segeln."
Anna nickte und ihre Haare streiften an seinem Ohr entlang.
„Auf'm See muss man mit 'nem Boot immer so viel wenden. Ist wie hier auf dem Achterwasser."
„Du machst so richtig auf Kapitänin, was?", neckte Lukas sie.
„Wenn ich groß bin, will ich die richtig großen Schiffe fahren."
„In der Karibik. Von Insel zu Insel", ergänzte Finn von seinem Beobachtungsposten aus, ohne von seinem Teleskop aufzuschauen.
„Und ich bin euer Navigator", nickte Lisa und Lukas fiel auf, was er auf dem Wasser schon des Öfteren bemerkt hatte: Anna war mehr der anpackende Typ, der immer sofort etwas tun wollte, während ihre Schwester Lisa eher träumerisch war und erst gründlich nachdachte, bevor sie etwas tat. Deswegen kannte sie sich auch gut mit Karten aus. Auf denen konnte man eine Route planen. Anna würde einfach losfahren. Mit seinen Freunden in der Stadt hätte Lukas jetzt bestimmt ein paar Sprüche gemacht, weil die drei so ins Träumen und Schwärmen geraten waren, aber hier, auf dem Sofa

zwischen Anna und Lisa und mit Finn, der die Insel im Blick behielt, hatte er das Gefühl, die drei wussten nur einfach ganz genau, was sie mochten.
„Und, was willst du später machen?", stellte Anna ihm die Frage, die er sich selbst gerade gestellt hatte und ihre tiefgrünen Augen ruhten auf ihm.
„Weiß nicht. Ich will immer wissen, was hinter den Dingen steckt."
„Wie bei der Morsebotschaft?"
„Ja, oder bei den Lichtern, die Finn gesehen hat. Was bedeutet das alles? Wer steckt dahinter? Keine Ahnung, was das mal für ein Beruf sein soll."
„Ich sag's ja, in dir steckt ein Kommissar!"
„Hey, ihr beiden Turteltauben, hier geht grad die Party ab", unterbrach sie Finn.
Lukas sprang auf und Finn machte ihm Platz, sodass er selbst durch das Fernrohr schauen konnte.
„Was ist denn da los?" Was sich dort an der Westküste von Ruden im Wasser abspielte, sah schon sehr merkwürdig aus. Lichter irrten im Wasser umher wie aufgeschreckte Fische und schienen um ein Boot herumzutanzen, das nur der alte Kahn vom mürrischen Witt sein konnte.
„Jetzt wird da irgendetwas mit vier Armen ins Wasser gelassen", berichtete Lukas den anderen.
„Also doch! Die benutzen den alten Taucheranzug aus Knuts Laden."
„Aber wonach suchen die da?" Anna drängelte Lukas vom Fernrohr und schaute selbst durch das Okular. Doch auch nachdem alle mehrmals das Szenario beobachtet hatten, wurden sie nicht schlau daraus.
Der Kahn drehte, sodass sie nicht mehr sehen konnten, was an seiner Backbordseite geschah. Dann wurden plötzlich alle Lichter ausgeknipst und der Kahn tuckerte im Mondlicht ohne Positionslichter um die Insel herum, um kurze Zeit später wieder im kleinen Hafen anzulegen. Gerade wollte Lukas die Männer zählen, die von Bord gingen, als sich eine Wolke vor den Mond schob und nur noch Schatten zu erkennen waren. „Mist! Jetzt kann man nichts mehr sehen."
„Was machen wir jetzt?", fragte Finn. Anna gähnte und spielte an einem der Knoten herum, die in dem alten Tau steckten, das Lukas mitgenommen hatte.

Geschickt hatte sie es geschafft, einen der Knoten zu lösen. Eine Windböe fegte plötzlich durch die Luke. Erschrocken hielt Finn sein Teleskop fest.

„Warten wir noch zwei Uhr ab, dann kommt der Funkspruch."

„Okay, aber ich bin schon echt müde", erwiderte Anna gähnend und lockerte auch den zweiten Knoten. Eine zweite Windböe fand ihren Weg durch die Dachluke und blies Anna die Haare aus dem Gesicht.

Finn schob schnell die Luke zu und kurbelte die Plattform seines Teleskops nach unten. „Da ist ein kleines Unwetterchen im Anzug."

Lukas setzte sich zurück aufs Sofa neben Anna, die sich an den dritten Knoten gemacht hatte. Er wollte zu gerne wissen, was dort draußen im Meer verborgen lag.

Ein Rascheln schreckte ihn auf. Lukas öffnete die Augen. Verdammt, er war eingeschlafen! Annas Kopf lag auf seiner rechten, Lisas auf seiner linken Schulter. Finn lag mit dem Bauch auf seinem Bett, als sei er im Stehen eingeschlafen und vornüber auf seine Matratze gekippt. Draußen wütete ein Sturm und rüttelte an der Dachluke, die nicht ganz verschlossen war.

Behutsam schob er Anna und Lisa von sich und wollte aufstehen, um die Luke zu schließen, aber sein Fuß verfing sich im Tau, aus dem Anna die Knoten gelöst hatte. Musste sie das ausgerechnet auf den Boden pfeffern?

Ärgerlich zog er die drei Knoten wieder zu und warf das Seilstück auf das Sofa zurück. Als er die Luke schließen wollte, stellte er fest, dass es draußen auf einmal ganz still war. Verwundert schob er die Luke etwas zur Seite. Eine letzte Wolke verzog sich gerade und gab den Mond wieder frei, der ihm ins Gesicht schien.

„Hier oben ist das Wetter echt unberechenbar", dachte Lukas und erinnerte sich an den Sturm am ersten Tag, der auch ganz plötzlich aufgehört hatte. Plötzlich hörte er hinter sich wieder ein Rascheln. Er drehte sich um und sah, wie sich die Tüte der Erdnussflips auf der Tischplatte vorbei an seiner Zahnbürste und den beiden von Anna und Lisa auf den Rand des Tisches zubewegte. Musste wohl der Wind sein – obwohl ... der hatte ja gerade aufgehört! Egal, Lukas griff nach der Tüte und stellte zu seiner Verwunderung fest, dass sie fast leer war. Auch die anderen

Knabbersachen waren weg. Da hatten Anna, Lisa und Finn aber gut zugeschlagen, als er geschlafen hatte. Gut, dass er seine Schokoriegel nicht mit auf den Tisch gelegt hatte. Bei diesen Vielfraßen wäre nicht viel davon übrig geblieben.
Lukas griff in seine Hosentasche und stockte. Nur das Papier der beiden Riegel steckte noch darin. Das war schon dreist! Wer hatte ihm die Riegel weggegessen und dann das leere Papier einfach zurück in die Hosentasche gestopft?
Ein Piepen riss ihn aus den Gedanken. Das Funkgerät auf Annas Schoß leuchtete auf. Zwei Uhr! Die Morsenachricht kam, schoss es Lukas durch den Kopf.
„Finn! Aufwachen!“ Aber Finn drehte sich nur grummelnd auf die andere Seite und schlief weiter. Na super. Schnell durchsuchte Lukas Finns Schreibtisch. Aller möglicher Kram lag darauf: Kaugummis, ein Schlüsselbund, Comics, ein Taschenmesser, ein Lötkolben, eine Luftpumpe und Sonnencreme, aber kein Stift. Endlich, in einer der Schubladen, fand Lukas einen Bleistiftstummel. Er riss ein Stück von Finns Wandkalender ab, denn natürlich war auch nirgendwo Papier zu finden, und schrieb die kurzen und langen Töne mit, die aus dem Funkgerät piepten:

..- . -... . .-. --. .- -... . / ... . .- --. .-. .- ... / - ....
..- / .--- ..- .-.. -.-- / .- -.-. .... - / --.. .-- . .. .-.-
.- / ....- -....- .---- ..--- --..-- -.... .---- ----- / -. /
.---- ...-- -....- ....- -.... --..-- .---- ....-- / . .-.-.-

Lukas taten die Finger weh vom Mitschreiben. Da musste man sich ganz schön konzentrieren und flink mit den Fingern sein. Das Funkgerät gab einen letzten Ton von sich, dann herrschte wieder Stille. Anna, Lisa und Finn schliefen immer noch. Leise schob Lukas die Dachluke wieder auf und kurbelte das Teleskop nach draußen. Er richtete es auf die Insel Ruden aus und schaute durch das Okular. Das Haus lag dunkel zwischen den Bäumen und Witts Kahn schaukelte friedlich am Anleger. Für heute Nacht schien die Show vorbei zu sein. Lukas konnte nicht ahnen, dass genau das Gegenteil der Fall war.

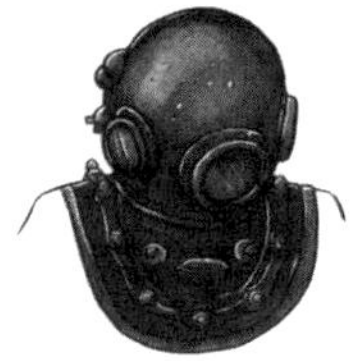

7.

Großes Donnerwetter

Es hätte nicht schlimmer kommen können. Es war der größte Mist, der überhaupt passieren konnte. Am liebsten würde sie auf einen Knopf drücken und alles ungeschehen machen.
Anna war am Morgen von lautem Getrappel wachgeworden. Sie hatte sich erst gewundert, warum sie nicht in ihrem Bett lag, aber dann war ihr wieder eingefallen, dass sie ja die Nacht bei Finn verbracht hatten. Der lag nun schnarchend in seinem Bett und hatte wie alle anderen vor Müdigkeit noch nicht mal seine Sachen ausgezogen.
Laut wurde gegen die Tür zur Dachkammer gepocht. „Finn! Aufwachen!"
„Lammi in Ruhä", brummelte der nur und drehte sich auf die andere Seite. Lisa war ebenfalls nicht zum Aufwachen zu bewegen. Einzig Lukas schlug die Augen auf und schaute alarmiert um sich. Das Pochen an der Tür wurde jetzt lauter und irgendwie klang es auch bedrohlich.
„Finn, mach bitte die Tür auf!", drang eine verärgerte Erwachsenenstimme zu ihnen.
„Mist! Das ist sein Vater. Was machen wir jetzt?", flüsterte Anna. Wenn sie hier erwischt würden, gab es auf jeden Fall Ärger.
„Die Dachluke!", schlug Lukas vor.
Schnell schoben sie die Luke zur Seite und kurbelten das Podest etwas in die Höhe. Auf dem Reetdach verliefen mehrere Leitern und Querlatten, damit man an die Schornsteine gelangen konnte.
„Finn, wir schließen jetzt die Tür auf!" Die Stimme ließ keinen Zweifel an der Entschlossenheit des Drohenden zu. Es hatte keinen Zweck, Anna musste zu rabiateren Mitteln greifen. Sie ging zu ihrer Schwester und rüttelte an ihr, als ob sie Pflaumen von einem Baum schütteln wollte. Aber irgendwie schien Lisa in einer

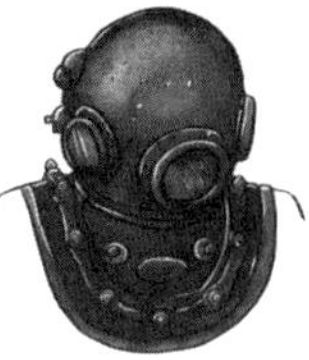

Tiefschlafphase zu stecken. Es musste also sein. Anna holte aus und gab Lisa eine kräftige Ohrfeige. Sofort war Lisa hellwach, erkannte ihre Schwester und wollte zurückschlagen, als ein Schlüssel im Schloss gedreht wurde. Obwohl gerade erst aufgewacht, verstand Lisa sofort, was die Stunde geschlagen hatte. Flink wie eine Katze, huschte sie hinter Anna durch die Luke aufs Dach, wo Lukas sich schon an einer Leiter festhielt. Anna schob das Fenster von außen wieder zu und konnte noch durch einen Spalt erkennen, wie die Tür zu Finns Zimmer geöffnet wurde. Ihr stockte der Atem. Nacheinander stiefelten da nicht nur seine Eltern, sondern auch ihre, die von Lukas, und, als ob das noch nicht ausreichen würde, zum Schluss auch noch Hilde Witt mit Polizist Hein hinein. Das Zimmer war voll von grimmig guckenden Eltern und Erwachsenen, die sich alle um Finns Bett postierten. Finn selbst wachte durch den Lärm endlich auf und schaute sich ungläubig um. Der Arme musste das jetzt alles ausbaden!

„Finn, was ist hier los?", fragte sein Vater ungehalten und deutete auf die leeren Knabbertüten und die drei Zahnbürsten, die auf dem Tisch lagen. Verdammt, die hatten sie in der Eile vergessen.

„Ähm, ich hatte gestern Abend noch Hunger und da ...", fing Finn stotternd an, sich eine Ausrede aus den Rippen zu leiern.

„Du sollst doch nachts die Luke zumachen, wenn du mit der Guckerei fertig bist. Wegen der Motten", unterbrach ihn seine Mutter verärgert und schob die Luke mit einem Rumms zu. Genau auf Annas kleinen Finger, der noch in der Spalte steckte. Der Schmerz explodierte förmlich in ihrem Finger. Lisa hielt ihr den Mund zu, damit ihr Geschrei sie nicht alle verriet, verlor aber dabei das Gleichgewicht. Anna spürte noch, wie Lisa an ihr hinunterglitt und sich an ihrer Hose festhielt. Verzweifelt versuchte sie, Halt zu finden, krallte sich in die Halme des Reetdachs, konnte aber nicht verhindern, dass das Gewicht ihrer Schwester sie nach unten zog. „Das ist das Ende", dachte sie noch, als sie an Lukas Turnschuhen vorbeirutschte und sich instinktiv an ihnen festhielt.

Genau das war der Moment, in dem die Luke wieder aufgeschoben wurde und eine Gruppe Erwachsener zu ihnen hinabsah. Lisa hing an Anna, Anna an Lukas

und der mit beiden Händen an einer Leiter. Anna würde nie vergessen, was Lukas den Erwachsenen mit größter Selbstverständlichkeit in seiner Stimme entgegenträllerte: „So ein Zufall. Wir wollten auch gerade Finn besuchen."
Keiner der Angesprochenen lachte. Eilig wurden Seile organisiert und barsche Anweisungen gebrüllt. Dann wurden Anna und Lisa nach oben gezogen und zum Schluss Lukas. Was dann folgte, würde Anna ebenfalls nie vergessen. Als wären sie Verbrecher, führte man sie in die Korbwerkstatt und dann ging das große Verhör los. Die Fragen prasselten nur so auf sie ein. Was sie sich dabei gedacht hätten? Ob sie überhaupt keinen Anstand hätten?
Anna verstand die ganze Aufregung nicht ganz. Na schön, sie hatten heimlich bei Finn übernachtet, aber da musste man doch nicht so austicken. Es dauerte eine Weile, bis Polizist Hein das Wort ergriff.
„Kinder, ihr wart die letzten, die bei Knut waren, bevor bei ihm eingebrochen worden ist. Gestern wurde wieder etwas gestohlen."
Anna schaute die anderen an, doch Finn, Lisa und Lukas zuckten nur mit den Achseln.
„Das große Boot aus unserem Hafen und ein Funkgerät sind weggekommen", erzählte Peter Hansen und schaute Anna und Lisa dabei scharf an. Anna wusste nicht, was sie mehr schockierte: dass jemand Boote stahl oder dass ihr Vater sie ernsthaft verdächtigte, damit etwas zu tun zu haben.
„Anna, habt ihr gestern Nacht einen heimlichen Törn gemacht und seid dabei gekentert?", fragte ihre Mutter besorgt. Sie schien sich wenigstens auch für ihr Wohlbefinden zu interessieren.
„Nein, haben wir nicht", sagte Anna und versuchte, überzeugt und selbstsicher zu klingen, aber sie konnte nicht verhindern, dass ihre Stimme vor Aufregung zitterte.
„Bei Frau Witt fehlt seit gestern Geld." Polizist Hein wandte sich nun an Lukas, der nur mühsam an sich halten konnte, wie Anna bemerkte.
Offensichtlich konnte er mit ungerechten Anschuldigungen nicht umgehen. Seine Gesichtsfarbe wechselte von knallrot zu leichenblass und er ballte immer wieder die Fäuste, als würde er damit am liebsten gleich wie ein Klabautermann

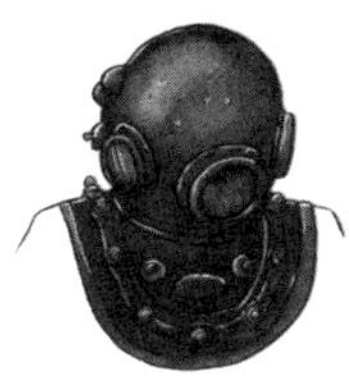

herumzulärmen. Mit gepresster Stimme nuschelte er: „Damit haben wir nichts zu tun!"
Polizist Hein atmete geräuschvoll aus und fuhr sich mit der Hand übers Gesicht, als sei soeben eine verhängnisvolle Situation eingetreten. Er warf Hilde Witt einen Blick zu. Sie schaute die vier nur traurig an.
„Kinder, habt ihr vielleicht bei Knut irgendeine alte Geschichte gelesen und wolltet nach einem Schatz tauchen?"
Jetzt musste Anna laut ausatmen. Für wie naiv hielt Hilde sie bitteschön? Sie waren keine kleinen Kinder mehr!
„Das sollten Sie mal lieber Ihren Mann fragen", zischte Lukas.
Der Blick von Hilde veränderte sich schlagartig. „Was soll das heißen?"
Anna trat Lukas auf den Fuß, bevor der noch mehr verraten konnte.
„Ach nichts."
Polizist Hein verlor langsam die Geduld. „Dann habt ihr also gestern mit dem Knabberzeug nur eine kleine Party gefeiert, ja?"
„Genau!" Annas Stimme wurde langsam wieder fester.
„Und mit dem gestohlenen Taucheranzug, dem Boot und dem Funkgerät habt ihr nichts zu tun?"
„Genau!"
Polizist Hein schaute traurig in die Runde der Erwachsenen.
„Das hätte ich nicht gedacht", brummte Lukas' Vater niedergeschlagen.
„Was denn?", wollte Lukas wissen.
Peter Hansen holte schweigend das Funkgerät hervor, das Anna mit zu Finn gebracht hatte.
„Das lag oben auf dem Tisch." Seine Stimme klang unglaublich enttäuscht, als er Anna und Lisa dabei anschaute. Anna hatte das Gefühl, sie müsste im Boden versinken. Mist, das hatten sie vergessen. Aber das war noch gar nichts im Vergleich zu dem, was als Nächstes passierte.
Polizist Hein griff in eine große Tüte und holte den Taucherhelm des alten Taucheranzuges hervor, der aus Knuts Laden gestohlen worden war.
„Das und den Rest des Anzuges haben wir gefunden. In deinem Zimmer, Lukas!"

* * *

Die Abreise sollte in wenigen Stunden erfolgen. Seine Eltern hatten Knut sowohl den leicht beschädigten Anzug bezahlt als auch Hilde Witt das Geld erstattet, das ihr abhandengekommen war. Die Erwachsenen hatten sich mit Polizist Hein darauf verständigt, es dabei bewenden zu lassen und keine Anzeige zu erstatten.

„Da kommt bestimmt noch was auf uns zu", hatte Lukas' Vater unheilschwanger verkündet und von „Rückgriff" und „Schadensersatz" gesprochen. Ganz der Risikomanager, zeichnete er ein düsteres Bild von der nahen Zukunft.

Lukas' Eltern lehnten es ab, mit ihm zu reden, bevor sie nicht wieder zu Hause waren. Es hatte also keinen Sinn, ihnen seine Version der Geschichte zu erzählen. Sie würden gar nicht zuhören und es auch nicht glauben, dass er mit allem nichts zu tun hatte. Zugegeben, er hatte ziemlich miese Karten. Wie war der Anzug in sein Zimmer geraten? Das war absolut unerklärlich. Es bestätigte ihm zwar, dass bei den Witts einiges nicht mit rechten Dingen zuging, aber diese Erkenntnis nutzte ihm gar nichts. In zwei Stunden würde er eine schweigende Fahrt nach Hause antreten, in einem Auto, in dem die Stimmung völlig am Boden war. Er hätte vor Wut aus der Haut fahren können! Es war so ungerecht! Und keiner wollte ihm zuhören.

Missmutig saß er auf seinem Bett und stierte aus dem Fenster. Zwei Stunden sollte er jetzt hier noch hocken. Aus dem Zimmer zu gehen, war verboten. Draußen war bestes Wetter. Der Himmel war blau und die Sonne schien. Am Strand tummelten sich Familien. Strandkörbe wurden verschoben, Sonnenmilch verteilt, Kinder bauten Sandburgen. Er war noch nicht einmal in der Ostsee baden gewesen, fiel ihm auf.

Ein Windstoß drückte gegen das Fenster, das sachte aufschwang. Wer hatte es offen gelassen, fragte er sich. Aber das war ja jetzt auch egal. Lukas wollte es gerade wieder schließen, als er unten im Garten die Abdrücke im Blumenbeet sah. Genauer gesagt, waren es zwei verschiedene. Die einen sahen aus wie Abdrücke von Hundepfoten. Das musste der Wolf gewesen sein, den er in der

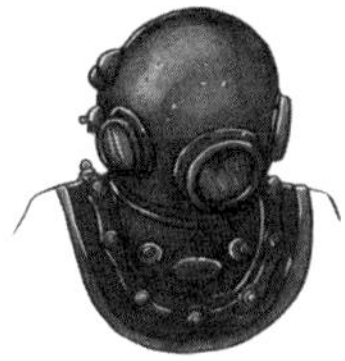

ersten Nacht gesehen hatte. Daneben waren deutlich zwei große Stiefelspuren zu sehen. Jemand hatte dort im Beet gestanden.
Lukas schätzte, dass es von seinem Fenster etwa drei Meter bis zum Boden waren. Er musste an den Wolf denken. Würde der sich einsperren lassen, wenn er eine Möglichkeit hatte, nach draußen zu gelangen? Er könnte ja in zwei Stunden wieder zurück sein. Schlimmer konnte es eh nicht mehr kommen.
Lukas öffnete das Fenster weit. Er hielt sich von außen am Rahmen fest und ließ sich mit langen Armen an der Wand herunterhängen. Jetzt waren es vielleicht noch zwei Meter zwischen seinen Schuhen und dem Blumenbeet. Lukas ließ los und landete weich inmitten von gelben Blumen. Er horchte, aber von drinnen drangen nur die Stimmen seiner Eltern und die von Hilde Witt zu ihm.
Er rappelte sich auf. Ja, das waren eindeutig Wolfsspuren in der weichen Erde. Dummerweise war er genau auf die Fußabdrücke gefallen, die so verdächtig ausgesehen hatten. Sie vermischten sich jetzt mit seinen eigenen.
Er schaute sich um. Neben dem Hauseingang standen die Fahrräder für die Pensionsgäste. Auf einmal wusste Lukas, was er tun würde.

8.

Das Geheimnis der Seagras

Knut schien nicht überrascht, als Lukas mit dem Fahrrad vor dem Laden hielt. Er saß vor der Tür und polierte die Messingteile des alten Taucheranzuges. „Hab dich schon erwartet", sagte er, ohne seine Arbeit zu unterbrechen.
„Ich hab den Anzug nicht gestohlen."
„Weiß ich."
Lukas wurde hellhörig. „Woher?"
Knut schien mit seiner Politur zufrieden. „Komm, hilf mir mal, den Helm wieder anzuschrauben!"
Gemeinsam befestigten sie den schweren Glockenhelm wieder am Lederanzug. Knut hob ihn hoch und stellte sich neben Lukas, der dem Anzug nur bis zur Brust reichte.
„Viel zu groß für dich oder einen von euch! Da gehört ein Erwachsener rein."
Das klang mehr als einleuchtend.
„Haben Sie das Hein erzählt?"
Knut winkte ab. „Ob ich dem was erzähle oder der Wind mir 'nen Knoten ins Tau macht, ist einerlei." Lukas musste grinsen. „Aber so ist es einfacher für die Polizei: Vier Kinder sind übermütig geworden, in einen Laden eingebrochen und haben ein Boot versenkt. Dass so ein Glockenanzug achtzig Kilo wiegt, wird einfach übersehen. So, jetzt muss der Kamerad hier zurück an den Haken."
Zu zweit schleppten sie den Helmtaucheranzug mühsam in den Laden und wuchteten ihn an den Haken zurück. Knut verschwand darauf im hinteren Teil des Ladens und kam mit zwei Gläsern Limonade zurück.
„Die mach ich selbst. Aus Zitronen und Orangen."
Er reichte Lukas ein Glas, in dem Eiswürfel in der sprudelnden Brause klimperten. Sie setzten sich vor die Tür und sogen schweigend an ihren Strohhalmen. Die Limo

war richtig gut, fand Lukas. Nicht so süß wie die aus dem Supermarkt und sehr fruchtig.
„Wer war es dann?", fragte Lukas. „Ich mein, das mit dem Einbruch und so."
„Das weiß ich auch nicht. Aber es muss jemand sein, der den Verdacht auf dich lenken wollte. Der Dieb hat den Anzug bestimmt nicht zufällig in dein Zimmer gelegt."
Lukas dachte gleich an Hilde Witt. Wenn die mit ihrem Mann doch irgendein krummes Ding drehte, hatte sie auch ein Motiv. Allerdings: Warum sollte sie oder ihr Mann einen alten Taucheranzug stehlen? Sie konnten sich doch bestimmt einen vernünftigen neuen leisten? Das ergab alles keinen Sinn.
„Auf jeden Fall ist jemand mit dem Anzug getaucht", stellte Knut fest. „Er war noch feucht und an den Schuhen klebten Schlick und Sand."
Lukas fiel die Morsenachricht ein, die er in der vergangenen Nacht mitgeschrieben hatte. „Vielleicht hilft das ja weiter. Können Sie das entschlüsseln?"
Knut nahm den Zettel in die Hand. „Da muss ich noch mal mein schlaues Buch holen." Er ging in den Laden und kam mit dem alten Buch zurück, in dem das Morsealphabet abgedruckt war. Er drückte Lukas ein Blatt Papier in die Hand und diktierte Buchstabe für Buchstabe. Die Nachricht lautete:

Uebergabe Seagras THU JULY acht zwei.
54-12,610 N 13-46,153 E.

„Was bedeuten die Zahlen?", wollte Lukas wissen.
„Ha!", freute sich Knut. „Das kann ich dir ausnahmsweise mal sofort sagen." Er sprang auf und holte eine Seekarte aus dem Laden.
„Hier ist die Hühnerkeule." Knut zeigte auf die Insel Usedom. „Vierundfünfzig Grad und etwas mehr als zwölf Minuten nördlicher Breite und dreizehn Grad und ungefähr sechsundvierzig Minuten östlicher Länge. Das bedeuten die Zahlen – und das ist genau hier." Knut markierte die Stelle auf der Seekarte, wo sich die beiden Koordinaten trafen.

„Das ist an der Nordwestspitze von Ruden!"
„Genau. Was auch immer passiert, hier wird es sein."
Knut schaute Lukas durchdringend an.
„Hat die Nachricht etwas mit dem Taucheranzug zu tun?", fragte er.
„Das haben wir uns auch gefragt." Lukas wusste nicht, ob er Knut anvertrauen sollte, was er mit Anna, Lisa und Finn beredet hatte. „Jedenfalls scheinen auf Ruden merkwürdige Dinge vorzugehen."
Knut lehnte sich zurück und zog an seinem Strohhalm. Die Limonade blubberte im Glas. „Weißt du, ich bin zu alt für große Abenteuer, aber für junge Wölfe wie euch ist das anders."
„Junge Wölfe?"
Knut lächelte schelmisch. „Hast du schon vergessen, was auf der Steintafel stand? ‚Fortan der Schurken Graus ist die Magie der tapfren Küstenwölfe all und hier'."
„Das ist doch nur ein alter Spruch, den irgendwelche Schüler vor hundert Jahren an ihre Schule gehangen haben."
„Ach so. Dann ist es wohl genauso ein Quatsch, als wenn jemand behaupten würde, er hätte hier nachts einen Wolf gesehen."
Lukas wurde etwas mulmig. Er hatte Knut gegenüber nie erwähnt, dass er in der ersten Nacht einen Wolf in Hilde Witts Garten gesehen hatte. Der alte Mann schien mehr zu wissen, als er zugab.
„Ich hab jetzt zu tun, aber du kannst ja vor deiner Abfahrt noch ein bisschen am Strand entlanggehen. Da findet man manchmal interessante Dinge, die das Meer anspült." Knut nickte ihm zum Abschied kurz zu, verschwand dann in seinem Laden und schloss die Tür hinter sich ab. „Mittagspause bis 15 Uhr" stand auf einem Schild. Woher Knut wusste, dass Lukas bald die Insel verlassen würde, hätte dieser auch gerne gewusst. Entweder konnte der alte Mann hellsehen oder hier sprach sich alles ganz schnell rum.
Lukas trank den letzten Rest der Limonade aus und setzte sich aufs Fahrrad. Nach einer Minute hatte er den Strand erreicht und fuhr einen Weg entlang, der parallel zum Ufer verlief. In Ortsnähe herrschte noch buntes Treiben am Wasser, doch schon nach einem Kilometer waren keine Strandkörbe mehr zu sehen. Die

Strandmuscheln, die die Besucher gegen den Wind aufbauten, wurden weniger und bald waren es nur noch einzelne Spaziergänger, die durch den Sand schlenderten.

Nach einem weiteren Kilometer war er ganz allein. Der Strand war jetzt karstiger und Sandbänke ragten aus dem Wasser empor. Hier oben war nichts mehr los.

Lukas wollte gerade wieder umkehren, als er etwas im Wasser aufblitzen sah. Erst dachte er, die Sonne habe sich gespiegelt, aber dann blitzte es wieder und als er die Augen mit der Hand abschirmte, erkannte er eine Stange, die aus dem Wasser ragte wie ein umgekippter Laternenpfahl.

Er stieg vom Fahrrad und ging runter zum Strand. Wenigstens einmal wollte er mit den Füßen im Meer stehen.

Lukas zog sich die Schuhe aus und ging auf dem warmen Sand auf die blitzende Stange zu, als er im Sand auf etwas Hartes trat. Verwundert hob er eine wasserdichte Plastikbox auf. Eine ähnliche hatte er bei den Hansens auf den Segelbooten gesehen. Darin verstauten die Wassersportler ihre Wertsachen. Er klappte die Box auf und fand darin zwei Portemonnaies. Er zählte rund tausend Euro. Es gab keinen Hinweis auf den oder die Besitzer: keine Visitenkarte, keine Telefonnummer, keinen Ausweis.

Lukas schaute zum Wasser. Dort ragte etwa zehn Meter vom Ufer entfernt die Stange aus dem Meer. Badesachen hatte er nicht dabei. „Aber was soll's?", dachte er sich. „Kein Mensch weit und breit." Lukas zog sich aus, verstaute die Box unter seinen Sachen und ging ins Wasser. Es war nicht kalt. Obwohl es vorgestern noch gewittert hatte, war das Wasser angenehm warm.

Zu seiner Überraschung wurde es kaum tiefer, je weiter er hineinging. Erst kurz vor der Stange spürte er keinen Grund mehr unter seinen Füßen. Die letzten zwei Meter wollte er schwimmend zurücklegen, als eine Welle auf ihn zurollte. Dabei erhob sich die Stange plötzlich aus dem Wasser und mit ihr, wie ein Walfisch beim Auftauchen, der Rumpf eines Segelbootes.

Erschrocken wich Lukas zurück. Schwappend versank der weiße Bug wieder im Wasser, aber Lukas hatte deutlich den Schiffsnamen lesen können, der in blauen Lettern auf der Außenwand stand: „Seagras".

Schnell watete er aus dem Wasser und kramte sein Handy aus seiner Hose im Sand. Anna ging sofort ran. „Was ist?“, fragte sie kühl.
„Ich hab hier was entdeckt. Ihr müsst unbedingt herkommen.“
„Sehr witzig. Erstens haben wir Stubenarrest, zweitens sollen wir nicht mehr mit dir reden und drittens gibt es da noch eine kleine Frage, die wir alle haben: Bist du bei Knut eingebrochen und hast den Taucheranzug gestohlen?“
Lukas blieb die Spucke weg. Jetzt glaubte sogar Anna, was die Erwachsenen sich zurechtgelegt hatten. Gut, so lange kannten sie sich noch nicht, aber irgendwie tat es ihm trotzdem weh, dass Anna ihn verdächtigte. Er konnte sich gut vorstellen, wie ihre grünen Augen jetzt blitzten.
Da erinnerte er sich an Knuts Worte. „Der Anzug wiegt über achtzig Kilo. Jetzt verrat' mir mal, wie ich den nachts durch den Ort in mein Zimmer kriegen sollte, ohne mir 'nen Bruch zu heben. Und nur ganz nebenbei: Der Anzug ist für Erwachsene. Wenn ich da reinklettere, ist das so, als ob du deinem Teddy 'ne Jacke von dir anziehst – und so sieht es dann auch aus: vollkommen bescheuert.“
Er hörte, wie Anna am anderen Ende lachen musste, und das tat gut. „Okay, was hast du gefunden?“, fragte sie.
„Ich bin ganz im Norden und hier ist ein Boot gestrandet. Es ist die Seagras.“
„Die aus der Morsenachricht?“
„Genau. Übrigens war ich bei Knut. Er hat mir die zweite Nachricht übersetzt, die gestern kam, als ihr geschlafen habt. Da soll es heute Nacht eine Übergabe mit der Seagras geben, und zwar nördlich von Ruden.“
„Aber die Seagras ist doch gestrandet, hast du gesagt.“
„Genau. Also wird es mit ihr keine Übergabe von irgendwas geben. Schon mal drüber nachgedacht, dass die Diebe eines eurer Boote als Ersatz gestohlen haben könnten? Und den Taucheranzug mussten sie wahrscheinlich auch stehlen. Ich hab hier nämlich ihre Geldbörsen im Sand gefunden. Die waren einfach pleite.“
Anna schwieg einen Moment. „Und den Verdacht wollten sie auf dich und uns lenken, indem sie Hein den Anzug in deinem Zimmer haben finden lassen.“
„Ja. Jemand hat uns die ganze Zeit beobachtet oder wusste zumindest, dass wir ideale Bauernopfer sind.“

„Autsch, Mist!"
„Anna? Was machst du da?"
„Lisa hat mitgehört. Wir versuchen gerade die Kommode vom Fenster wegzuräumen."
„Was habt ihr vor?"
„Abhauen. Finn holen wir auch noch. Wo ungefähr bist du?"
„Den letzten Strandkorb hab ich mit dem Fahrrad vor circa 'ner halben Stunde gesehen."
„Dann bist du ganz schön weit oben. Aber Lisa weiß schon, wo das ist."
„Wenn ihr kommt, bringt Seile mit. Vielleicht können wir das Boot irgendwie bergen, und alles, was man braucht, um eine Nacht im Freien zu bleiben."
„Ja danke, der Herr. Noch mehr Wünsche? Wo sollen wir denn Schlafsäcke, Pullover, Essen, Trinken, Taschenlampen und ein Zelt herkriegen, ohne dass wir auffliegen?"
„Geht zu Knut."
„Lukas, wenn das hier schiefgeht, sind wir richtig …"
„In Schwierigkeiten, ich weiß."
Er konnte nichts dagegen tun. Ihm zitterten die Hände, so aufgeregt war er. Die Wahrscheinlichkeit war gar nicht gering, dass alles in einem riesigen Chaos endete. Aber wenn es auch nur eine winzige Chance gab, ihre Unschuld zu beweisen, mussten sie sie ergreifen. Hoffentlich gelang es den dreien, auszubüchsen.

* * *

Die Strickleiter an der Heizung festzuknoten, war kein Problem. Anna konnte seit ihrem fünften Lebensjahr an die zwanzig Seemannsknoten mit verbundenen Augen knoten. Schwieriger war es schon, mit gepacktem Rucksack den richtigen Moment abzupassen, in dem ihre Eltern mit den Segelschülern auf dem Achterwasser beschäftigt waren. Trotz des Diebstahls des großen Segelbootes ging der Unterricht weiter.

„Jetzt machen sie ‚Mann über Bord'", berichtete Lisa, die mit einem Fernglas das halbe Dutzend Boote auf dem Wasser beobachtete. Ihr Vater stand in einem kleinen Motorboot und gab den Schülern auf den Booten immer wieder Anweisungen durch ein Megaphon.
„Sag mir, wenn er sich zum anderen Ufer umdreht." Anna hatte das Training schon zigmal miterlebt. Um die Schüler möglichst viele Male das anspruchsvolle Manöver fahren zu lassen, warf ihr Vater immer gleich zwei Bojen ins Wasser. So mussten alle nach dem ersten Bergungsversuch um sein Motorboot herumfahren und auf der anderen Seite an der zweiten Boje das Boot noch einmal zum Stehen bekommen, um sie an Bord zu holen. Genau diesen Moment wollte Anna nutzen. Dann würde ihr Vater nämlich mit dem Rücken zum Haus in seinem Boot stehen und nicht sehen, was hinter ihm passierte.
„Jetzt!", rief Lisa. Anna ließ die Strickleiter an der Hauswand herunter und kletterte durchs Fenster. Die Strickleiter lag seit Jahren in ihrer Schublade. Sie hatte sie noch nie benutzt. Eigentlich hatte ihr Vater versprochen, ihnen mal ein Baumhaus am Wasser zu bauen, aber daraus war bisher nichts geworden. Mit den Schuhen verhedderte sie sich immer wieder in den Fußschlaufen. Irgendwann ließ sie die Füße einfach baumeln und hangelte sich mit den Händen die Strickleiter hinab. Lisa folgte ihr. Unten angekommen, schlichen sie zu ihren Fahrrädern und flitzten so schnell sie konnten vom Hof. In einer Querstraße in der Nähe von Finns Haus stellten sie die Fahrräder ab. Vor der Korbflechterei wurden gerade neue Strandkörbe für den Transport nach draußen gerollt. Finns Eltern halfen dem LKW-Fahrer beim Verladen.
Anna duckte sich und wählte Finns Nummer.
„Wir sind da!"
„Gut. Wisst ihr denn, wo Lukas ist?"
„Ja, Lisa, unsere Kartenspezialistin, hat seine Position eingekreist."
„Okay, ihr müsst irgendwie in den Garten kommen, unter die Dachluke."
„Wieso das denn?"
„Macht's einfach." Anna fluchte. Vorne an der Straße standen lauter Erwachsene, also mussten sie sich hintenrum durch die Gärten anpirschen. Gebückt schlichen

sie an Hecken entlang durch fremde Gärten und um Trampoline für Kinder herum. Zum Glück hatten die Nachbarn keine Hunde und hielten sich gerade im Haus auf.

Durch ein Loch in der Hecke gelangten sie schließlich in Finns Garten. Finn winkte ihnen vom Dachfenster aus zu und warf ihnen das Ende eines Seiles nach unten.

„Was sollen wir denn damit machen? Kannst du nicht einfach so runterkommen?"

Anna stellte das Handy laut, damit Lisa mithören konnte.

„Nein, meine Eltern würden durch die Fernster sehen, wie ich zur Gartentür will. Ich hab das mit dem Seil schon mal ausprobiert. Also theoretisch zumindest."

Anna bekam ein ungutes Gefühl. Wenn Jungs was „theoretisch" ausprobiert hatten, ging das in der Praxis meistens schief.

„Also, was machen wir jetzt?", fragte sie Finn ungehalten durchs Handy.

„Geht damit zurück in den Nachbargarten. Da steht ein Trampolin."

„Ja und?"

„Hinter dem Trampolin ist ein dicker Holzpfosten von einem Carport. Da machst du das Seil fest. Mit 'nem festen Knoten, du weißt schon."

„Und dann?"

„Dann bin ich fünf Sekunden später bei euch."

Vorne an der Straße wurde mit einem Rumms die Ladeklappe des LKWs geschlossen. Das konnte nur bedeuten, dass die Strandkörbe alle verladen waren und Finns Eltern gleich zurück ins Haus kämen. Jetzt hieß es, schnell zu sein.

Wie Diebe auf der Flucht, schlichen die Mädchen durch das Loch in der Hecke zurück in den Nachbargarten, wo das Trampolin vor dem Carport stand. Anna befestigte das Seil um den Außenpfosten und gab Finn ein Zeichen, dass es fest war. Das Seil spannte sich, bis der Holzpfosten ein Knacken von sich gab.

„Finn, das Carport hat eben schon geknirscht."

„Das. Muss. Fest. Sein", ächzte Finn durchs Handy. Offensichtlich spannte er das Seil in seinem Zimmer. Dann war die Leitung unterbrochen. Anna schaute hinauf zu Finns Luke und traute ihren Augen nicht. Finn hatte einen Gürtel um das straffe Seil geschlungen und hielt ihn mit beiden Händen fest. „Das wird er doch nicht

wirklich tun", dachte Anna noch, aber Finn stieß sich vom Fensterrahmen der Luke ab und glitt am Gürtel hängend das Seil hinunter und landete genau auf dem Trampolin. Schnell rollte er sich ab.
„Hallo, Frau Neumann!", grüßte er die Frau, die gerade auf der Terrasse erschienen war und das Kunststück mit offenem Mund miterlebt hatte.
„Nichts wie weg hier!"
Sie flohen durch die Gärten zurück zu ihren Fahrrädern. Anna nahm Finns Rucksack und Lisa setzte sich auf die Lenkradstange, damit Finn fahren konnte. Ohne sich noch einmal umzudrehen, sausten sie zu Knuts Schatzkiste. Wenn jemand Taue zum Bergen eines Bootes hatte, dann er.

* * *

Lukas war es fast wie eine Ewigkeit vorgekommen, bis er endlich die drei vollbepackten Fahrräder den Weg entlangfahren sah. Dicke Seesäcke waren auf den Gepäckträgern verstaut und kunstvoll mit Seilen festgebunden. Geschafft sprang Anna vom Fahrrad.
„Ich fahr keinen Meter weiter", japste sie nach Luft. Finn, der die ganze Strecke über Lisa auf der Lenkstange sitzen hatte, war ganz rot angelaufen, was zu seinen strohblonden Haaren und seinen blauen Augen recht komisch aussah.
„Knut hat uns seinen halben Laden gegeben."
„Und er hat nicht eine Frage gestellt", ergänzte Lisa.
„Ist das der Mast der Seagras?" Anna zeigte aufs Wasser.
„Ja. Das Boot steckt da irgendwo im Sand fest."
Finn wuchtete einen der Seesäcke auf den Weg und holte ein langes Tau hervor. Schokoriegel, Bananen und Trinkflaschen purzelten mit heraus. „Gib mir mal den Flaschenzug, Lisa!"
Ein merkwürdiges Gebilde aus hölzernen Umlenkrollen und Seilen landete vor Lukas' Füßen. Finn hielt sich nicht lange mit Erklärungen auf, sondern begann, den alten Flaschenzug, der nur von Knut kommen konnte, an einem Baum zu befestigen.
„Wir ziehen das Boot von hier aus dem Wasser."

„Aber das ist doch sauschwer! Und außerdem mit Wasser vollgelaufen!" Lukas kapierte nicht, wie das funktionieren sollte.
„Okay, ich geh ins Wasser und knote das Ende an der Vorderklampe fest." Anna war schon dabei, sich bis auf die Unterwäsche auszuziehen. Verlegen suchte Lukas einen Ort, auf den er seine Augen richten konnte.
„Hast du noch nie 'n Mädchen in Unterwäsche gesehen?", fragte Anna von der Seite.
„Öhm doch, klar, aber … na ja."
Finn wechselte einen vielsagenden Blick mit Lisa und drückte Anna das Seilende und eine Taucherbrille in die Hand. Vom Wegesrand beobachteten sie, wie Anna den Strand hinunterlief, ins Wasser sprang und auf das Boot zuschwamm, dessen Spitze sich immer wieder aus den Fluten hob. Dann tauchte sie unter und blieb verschwunden. Möwen kreisten über dem Boot und gaben meckernd ihren Kommentar ab zu dem, was sich unter ihnen abspielte.
„Ähm, jetzt ist sie aber schon ziemlich lange da unten." Lukas wurde nervös. Finn und Lisa verzogen keine Miene.
„Sollten wir nicht mal gucken gehen?" Wie konnten die beiden so ruhig bleiben? Vielleicht war Anna irgendwo eingeklemmt.
Finn zeigte stumm zum Wasser, aus dem Anna gerade auftauchte und den Daumen nach oben reckte. Finn klopfte Lukas auf die Schulter. „Anna ist wie ein Fisch – der passiert nichts."
Puh, Lukas musste sich eingestehen, dass ihm ein Stein vom Herzen fiel.
Triefend kam Anna zurück und trocknete sich ab. „So, jetzt müsst ihr euch umdrehen!" Lukas und Finn gehorchten, während Anna hinter ihnen in trockene Sachen schlüpfte.
Das Seil verlief jetzt quer über den Strand zum Weg, wo es über den Flaschenzug lief und wieder bei den vieren endete. Finn erklärte, was zu tun war.
„Also, wir ziehen jetzt an diesem Ende hier, das heißt, wir stehen mit dem Rücken zum Meer und sehen nicht, wie weit wir das Boot rausziehen. Also immer mal gucken, ob wir überhaupt vorankommen! Los geht's! Auf drei!"

Gemeinsam zogen sie an dem Seil. Die Rinde des Baumes, an dem der Flaschenzug angebracht war, protestierte knurrend, aber ansonsten passierte nichts. Keinen Zentimeter bewegte es sich in den Rollen. Finn kontrollierte noch einmal alles.
„Keine Ahnung. Wir müssen kräftiger ziehen."
Wieder zogen sie aus Leibeskräften und stemmten ihre Füße in den Sandboden, aber auch beim zweiten Versuch tat sich absolut nichts. Entmutigt schauten alle abwechselnd zum Wasser und zum Flaschenzug am Baum. Lukas setzte sich auf einen Stamm und nahm sich einen Schokoriegel. Das konnte noch dauern und er hatte seit Stunden nichts gegessen.
„Jetzt bräuchten wir mal einen Klabautermann. Ich denke, die helfen einem in Schiffsangelegenheiten?"
„Märchen", zischte Anna bloß. „Autsch! Lass das!"
„Was denn?"
„Hast du mich eben gekniffen?"
„Nein!"
Lukas sah, wie Finn und Lisa sich wieder auf diese wissende Weise anschauten. Was sollten immer diese doofen Blicke?
„Jetzt stänkert nicht rum. Wenn es nicht klappt, holen wir eben Hilfe! Knut meinte sowieso, wir sollen vorsichtig sein", sagte Lisa.
„Ach ja? Wen sollen wir denn holen? Polizist Hein vielleicht, der uns fast anzeigen wollte? Nachher kommt der noch auf die Idee, wir hätten die Seagras versenkt."
Lukas wollte gerade in den Rest seines Schokoriegels beißen, als er aus den Augenwinkeln etwas Rotes vorbeihuschen sah. Als er sich umdrehte, lagen da aber nur die Seesäcke. Er führte den Riegel zum Mund und biss in das leere Papier. Verdutzt schaute er auf die bedruckte Verpackung in seiner Hand. Er wusste hundertprozentig, dass er noch etwas übrig gehabt hatte. Verstohlen schaute er zu den anderen, aber keiner hatte bemerkt, was geschehen war.
„Okay, lasst es uns einfach noch mal versuchen. Aller guten Dinge sind drei!", meinte Lukas plötzlich.
„Meinst du wirklich?", fragte Finn skeptisch.
„Ja, los jetzt! Seid nicht so trübe Tassen!"

„Trübe Tasse? Na warte!" Anna packte das Seil und zog daran. Zu ihrer Überraschung gab es so leicht nach, dass sie nach hinten fiel. Alle Blicke jagten zum Boot. Und tatsächlich: Die Spitze ragte aus dem Wasser empor und verharrte dort auch. „Ich hab das Boot rausgezogen!", triumphierte Anna.

Lukas schaute sich um. Vielleicht hatte sich das Boot ja wirklich gelöst. Sie waren vollkommen alleine hier. Aber irgendwie gefiel Lukas der Gedanke, dass sie einen geheimen Helfer hatten, einen kleinen Schiffskobold.

„Los, jetzt alle!", gab er das Kommando und mit vereinten Kräften zogen sie an dem Seil, das jetzt ganz leicht durch die Rollen glitt.

„Yeah! Weiter!", rief Lisa und Stück für Stück zogen sie die Seagras aus dem Wasser der Ostsee auf den Sandstrand, wo es sanft zur Seite kippte, als lege es sich zur Ruhe. Sie hatten es geschafft!

Jubelnd liefen sie runter zum Strand. Die Seagras war ein kleineres Kajütboot. Das Großsegel hing noch am Baum, war aber ansonsten genau wie das Vorsegel aus der Führung gerissen. „Das muss in einen mächtigen Sturm geraten sein", überlegte Anna.

„Vielleicht vor ein paar Tagen, als sogar Fahrräder über die Promenade gefegt worden sind", meinte Lukas.

Anna kletterte auf das Boot, das wie ein gestrandeter Wal auf der Seite lag. „Die Außenwand ist in Ordnung, keine Lecks. Die Segel müssten repariert werden. Aber der Rumpf ist voller Wasser. Wir müssen alle Klappen öffnen und es ausschöpfen."

„Vielleicht kriegen wir sogar raus, wem es gehört hat!"

„Ja, und was es geladen hat. Da unten ist irgendwas Dunkles."

Anna drehte sich triumphierend um. „Das kriegen wir wieder flott und dann ist es unser Boot!"

Lukas wusste noch nicht, wie viel Arbeit das „Flottkriegen" bedeutete, aber er bekam bald eine Ahnung davon. An dem einsamen Strandabschnitt waren sie ganz allein. Kein Wanderer oder Spaziergänger verirrte sich in diese Gegend. So konnten sie ungestört herumwerkeln.

Rund um das Boot hatten sie ihre Ausrüstung ausgebreitet. Knut hatte ihnen erstaunlicherweise so ziemlich alles eingepackt, was man brauchte, um ein Boot wieder auf Vordermann zu bringen.
Es dauerte fast zwei Stunden, bis die Seagras einigermaßen ausgeschöpft war und sie ins Innere der Kajüte gelangen konnten. Das dunkle Etwas, das Anna gesehen hatte, entpuppte sich als ein ganzer Stapel großer Eisenkisten. Sie waren so schwer, dass sie Finns Flaschenzug brauchten, um eine aus dem Schiffsinneren zu hieven. Wuchtig fiel sie schließlich in den Sand.
„Das ist so eine Kiste wie sie dieser Bienenzüchter am Strand von Ruden hatte, wisst ihr noch?" Lukas kniete sich in den Sand und befühlte die Eisenbeschläge der Kiste.
„Also, wenn da Bienen drin waren, sind die jetzt alle ersoffen!", stellte Finn nüchtern fest.
„Vor allem müssen das ganz schön fette Bienen sein, wenn sie so schwer sind." Lukas versuchte, das Schloss zu öffnen.
„Mist, das geht nicht auf! Da braucht man 'nen speziellen Schlüssel für." Sosehr sie es auch versuchten, die Kiste wollte nicht preisgeben, was in ihrem Innern lag. Dann hatte Lukas eine Idee. „Wir machen es wie die Vögel mit Nüssen!"
„Was meinst du?"
„Wir lassen die Kiste aus ein paar Metern Höhe fallen. Vielleicht springt sie dann auf wie eine Nuss."
In der roten Abendsonne schleppten sie zu viert die mordsschwere Kiste zum Weg hoch, hievten sie mit dem Flaschenzug an einem Baum nach oben und ließen sie dann mit voller Wucht auf die Steinplatten des Fahrradweges hinuntersausen. Es gab ein metallisches Geräusch, die Kiste brach entzwei und goldene Lichter schwirrten wie Glühwürmchen um sie herum. Als Lukas sich auf den Boden kniete und aufhob, was da aus der Kiste wie ein Schwarm Mücken herausgeplatzt war, wusste er, warum jemand alle Mühen und Täuschungen auf sich nahm, um in der Nacht danach zu tauchen.
In der Kiste befanden sich echte Goldmünzen.

9.

Auf der Flucht

Das Lagerfeuer knisterte und gab eine angenehme Wärme ab. Lukas hielt sein Würstchen am Stock ins Feuer. Sie hatten ihr Zeltlager neben der Seagras aufgeschlagen.

„Wir machen so ziemlich alles, was verboten ist", stellte Lisa fest und vergrub die Hände in ihren blonden Haaren.

„Abhauen, Feuer und Zelten am Strand – mehr ist das doch nicht." Finn genehmigte sich einen Schluck aus der Flasche, die Knut ihm mit seiner Spezial-Limonade gefüllt hatte, und reichte sie weiter an Anna.

„Na ja, das ist alles nicht so schlimm. Aber bestimmt machen sich unsere Eltern Sorgen."

„Ja, da hatte sie zweifellos recht", dachte Lukas. So richtig darüber nachgedacht, was ihre Aktion bringen würde, hatten sie nicht. Gut, sie hatten ein Boot gefunden, das in zwei Morsenachrichten erwähnt wurde und eine höchst verdächtige Fracht mit sich führte. Sehr wahrscheinlich war diese Fracht auch der Grund, warum das Boot gekentert war. Im Sturm hatte das Gewicht des Goldes das leichte Kajütboot vermutlich instabil gemacht. Aber was wussten sie sonst noch? Sehr wenig, musste sich Lukas eingestehen. Da gab es einen skurrilen Taucheranzug, der gestohlen und dann bei ihm im Zimmer aufgetaucht war und ein Segelboot, das jemand der Segelschule Hansen gestohlen hatte.

„Vielleicht rufen wir unsere Eltern einfach an und sagen, wo wir sind", schlug Lisa vor. „Immerhin haben wir diese Goldmünzen gefunden, und wir könnten Hein von der Morsenachricht berichten und der geplanten Übergabe heute Nacht."

„Uebergabe Seagras THU JULY acht zwei", las Finn noch einmal vor.

„‚THU JULY acht' steht für ‚Thursday', also Donnerstag, den achten Juli. Das ist heute."

„Das haben wir doch schon zigmal durchgekaut. Aber wir können ja wohl selbst kaum nach Ruden segeln und nachschauen, was da um zwei Uhr morgens abgeht. Also theoretisch schon, aber ich bin noch nie allein auf dem offenen Meer gesegelt, schon gar nicht nachts, und die Positionslichter der Seagras sind kaputt", fasste Anna resigniert zusammen.
„Also geben wir auf?" Lukas schaute Anna an.
„Das hat doch nichts mit aufgeben zu tun, wenn man etwas sehr Gefährliches nicht tut. Das hat mehr was mit Klugheit zu tun."
Lukas musste sich eingestehen, dass sie wahrscheinlich recht hatte. Es war aufregend gewesen, die Seagras zu finden und zu bergen, aber weiter kamen sie einfach nicht.
„Wir sind halt nicht wie diese Küstenwölfe auf der Schultafel", seufzte Anna und warf ein Stöckchen ins Feuer, das funkenstäubend in den Flammen verschwand.
Lukas zückte sein Handy. „Na gut, dann ruf ich jetzt meine Eltern an."
Gerade wollte er sein Handy anschalten, als vom Weg oberhalb des Strandes ein unheimliches Heulen zu hören war. „Habt ihr das auch gehört?"
„Ja, was war das?" Anna und Lisa rückten unwillkürlich zusammen.
„Leute, bleibt jetzt ganz ruhig, aber schaut mal zu unseren Fahrrädern rauf", flüsterte Finn mit heiserer Stimme. Alle Blicke wanderten zum Weg hinauf. Dort war deutlich die Silhouette eines Tieres zu erkennen, das auf seinen Hinterpfoten saß und den Mond anheulte, der jetzt hinter einer Wolkenschicht hervorkam. Das Licht traf das weiß-graue Fell, das Lukas bekannt vorkam.
„Finn, glaubst du immer noch, dass das ein Hund ist?", fragte Lukas. Finn konnte vor Schreck nicht mehr sprechen, also schüttelte er nur den Kopf.
Der Wolf drehte seinen Kopf und schien Lukas direkt anzuschauen. Zwischen ihnen lagen vielleicht zwanzig Meter. Dann schaute der Wolf nach Norden und verschwand im Unterholz. So verrückt es klang: Lukas hatte das Gefühl, als habe der Wolf ihm etwas sagen wollen. Er schaute ebenfalls nach Norden und erstarrte. Lichtkegel von Taschenlampen suchten den Strand ab und etwas weiter hinten lag ein großes Segelboot mit Kajüte im Wasser. Sie hatten es nicht kommen hören.
„Anna, haben alle eure Boote ein großes „H" auf dem Segel?"

„Ja, wieso?"
„Dann bekommen wir jetzt Besuch von den Typen, die euer Boot gestohlen haben."
Alle sprangen auf. Finn kramte hastig ein Fernglas aus einem der Seesäcke und richtete es auf die Gruppe Männer, die den Strand absuchten.
„Leute, das ist der Bienenzüchter und noch so ein Kerl."
Kaum hatte er ausgesprochen, als ihn der Lichtschein einer Taschenlampe traf. Lukas hielt sich die Hand vor die Augen, als auch er getroffen wurde.
„Bleibt, wo ihr seid!", schrie eine Männerstimme drohend.
„Leute, ich weiß ja nicht, was ihr meint, aber diese Typen möchte ich nicht treffen." Lukas sah sich um.
„Wir müssen zu den Fahrrädern!", rief er, doch in diesem Moment tauchte am Weg ein dritter Lichtkegel auf. Die Fahrräder schieden als Fluchtmittel aus.
„Mist! Wir sitzen in der Falle."
„Nicht ganz! Los, wir nehmen das Boot." Lukas warf alles, was er greifen konnte, auf das Bootsdeck und stemmte sich gegen den Bug.
„Los, helft mir! Wir müssen es ins Wasser kriegen!"
Anna, Lisa und Finn stürzten an den Bug und schoben zusammen mit Lukas aus Leibeskräften. Mittlerweile wurden sie von drei Lichtkegeln beleuchtet wie Artisten auf einer Bühne.
„Haut von dem Boot ab!", befahl eine Stimme barsch.
Knirschend bewegte sich der Rumpf der Seagras zentimeterweise aufs Wasser zu. Lukas blickte hinter sich. Der Abstand zu den drei Männern wurde immer kleiner. Er konnte schon ihre Schritte im Sand hören. Was hatte er sich nur dabei gedacht? Sie würden das Boot niemals rechtzeitig zu Wasser lassen können.
„Beim Klabautermann, jetzt beweg dich, du Miststück!", zischte Finn wütend durch die Zähne und plötzlich glitt das Boot durch den Sand als würde es durch weiche Butter geschoben. Sie hatten keine Zeit, sich darüber zu freuen. Lukas hielt sich an der Reling fest und zog sich ins Boot. Finn tat es ihm gleich und wollte das Vorsegel setzen, als ihm die Leine aus der Hand glitt und ein Windstoß das Segel wie von Geisterhand den Mast hinauftrieb, sodass er unten nur noch das Zugseil befestigen

musste. Wie war das möglich? Egal, Lukas hatte alle Hände voll zu tun, Anna und Lisa an Bord zu ziehen, die durchs Wasser rannten und von den drei Männern verfolgt wurden. Zwischen ihnen waren nur noch wenige Meter. Es war kaum zu schaffen.

„Gebt uns das Boot und euch passiert nichts!“, schrie der Bienenzüchter.

„Sehr witzig“, dachte Lukas. Er wollte sich gar nicht ausmalen, was mit ihnen geschah, wenn sie das taten.

Als Erstes ergriff er Lisas Hand und zog sie über die Reling. Aus den Augenwinkeln nahm er wahr, wie Finn das Großsegel setzte, das sie repariert hatten. Flatternd fuhr es in die Höhe und als der Wind sich in ihm fing, machte das Boot einen Ruck nach vorne. Anna rutschte von der Bordwand ab, die sie gerade erreicht hatte, und platschte zurück ins knietiefe Wasser.

„Noch nicht wegfahren! Anna ist noch im Wasser!“, rief Lukas zu Finn. Wie auf Kommando, drehte das Boot plötzlich auf der Stelle, sodass es mit dem Heck zum Land und zu Anna zeigte. Lukas hechtete zum anderen Ende des Bootes. Da lag ein Seil. Jetzt ging es um Sekunden. Wenn die Segel den Wind griffen, würde die Seagras wie ein Pfeil davonschießen und Anna hätte keine Chance mehr, an Bord zu kommen. Lukas warf ihr das Seil zu. Der Bienenzüchter stürmte jetzt durch das Wasser, dass Fontänen links und rechts von ihm in die Höhe schossen. Nur noch knapp zwei Meter trennten ihn von Anna.

Anna griff das Seil, der Bienenzüchter setzte zum Sprung an – und genau in diesem Moment blähten sich die Segel der Seagras auf und das Boot schnellte nach vorne. Lukas und Finn mussten sich an den Wanten festklammern und Anna wurde hinter dem Boot hergezogen. Ihr Verfolger platschte kopfüber ins Wasser.

Schnell zogen Lisa und Lukas Anna an Deck.

„Alle Mann an Bord!“, rief Lukas und Finn griff ins Ruder. Die Seagras legte sich hart im Wind zur Seite und durchschnitt das Wasser wie ein Messer weiche Butter.

„Wow, das war knapp!“

„Ja, aber die sind wir los“, freute sich Anna.

Lukas kniff die Augen zusammen und suchte im Mondlicht den Strand ab, der rasch immer kleiner wurde.

„Anna, wie schnell ist das Segelboot, das euch gestohlen wurde? Ist es schneller als die Seagras?"
„Auf jeden Fall. Das hat viel mehr Segelfläche."
„Dann haben wir ein Problem!" Lukas zeigte zum Strand, wo ihre drei Verfolger zurück zu ihrem Boot gerannt waren und die Segel setzten. Langsam drehte sich der Bug des Bootes zu ihnen und nahm klar Kurs auf die Seagras.
„Verdammt! Wir haben keine Lichter und kaum Sicht." Anna klang verzweifelt.
„Okay, ganz ruhig", ergriff Lisa das Wort. „Papa hat uns gezeigt, wie man herausfindet, wo man ist und wie man den Kurs berechnet. Wenn wir Ruden vor denen erreichen, können wir uns auf der Insel verstecken."
„Aber die werden uns doch suchen. Die Insel ist klein", warf Finn ein, während er die Seagras in die Dunkelheit steuerte.
Lukas schaute auf die Uhr. Es war kurz nach halb eins.
„Ich glaub nicht. Die haben um zwei Uhr einen Termin im Norden der Insel. Da haben sie keine Zeit, sich mit uns abzugeben."
„Du meinst, die werden auf das Gold verzichten?"
„Immerhin haben sie die Kiste, die wir am Strand geöffnet haben. Vielleicht reicht ihnen das ja."
Lisa durchwühlte einen der Seesäcke, die kreuz und quer auf dem Deck lagen. Als sie gefunden hatte, wonach sie suchte, schlug sie eine Seekarte auf.
„Okay, wie auch immer, auf die Insel zu gelangen, ist unsere einzige Chance. Also los! Wir müssen eine Ortspeilung machen, um zu wissen, wo wir sind. Hier ist ein Kompass. Lukas, auf wie viel Grad liegt der Leuchtturm da drüben?"
Lukas nahm den kugeligen Kompass entgegen und richtete ihn nach Norden aus. Der Leuchtturm lag etwas weiter links davon. „Zweihundertsiebzig Grad", las er ab.
„Gut, als Nächstes die Leuchtboje da drüben."
„Zweiundvierzig Grad."
Lisa hantierte mit Dreieck und Lineal auf der Seekarte herum und zog zwei Linien. Eine verlief durch den Leuchtturm, eine durch die eingezeichnete Boje. Wo die Linien sich trafen, machte sie ein Kreuz.

„Gut, dann sind wir ganz grob hier." Lisa fuhr mit dem Finger von ihrer Position bis zur Insel Ruden und dem kleinen Anlegerkai.

„Unser Kurs nach Ruden würde grob auf dreihundertdreißig Grad liegen."

Lukas schaute auf den Kompass und las ab, wo die dreihundertdreißig Grad waren.

„Da liegen wir eigentlich genau auf Kurs."

Lisa rollte die Karte zusammen. „Gut, dann die Segel gespannt und volle Kraft voraus. Ich mach vorne den Ausguck. Anna, wenn du den Hafen kommen siehst, sag Bescheid."

Anna zeigte Lukas, wie man das Großsegel spannte und zog selbst das Vorsegel dicht. Die Seagras neigte sich noch weiter zur Seite und nahm deutlich an Fahrt auf.

„Hier, nimm mal!" Finn übergab Lukas das Ruder.

„Vielleicht ist besser, wenn du …"

„Ich muss mal ganz nötig", verzog Finn das Gesicht und machte über die Reling. Und so stand Lukas an Deck, das Steuerrad in der Hand und hielt Kurs auf die Insel Ruden. Weiße Schaumspritzer der Gischt flogen ihm im Mondlicht um die Ohren. Der Wind blies in die Segel, und obwohl der Abstand zwischen ihnen und ihren Verfolgern stetig kleiner wurde, hatte Lukas noch nie zuvor so ein starkes Gefühl von Zugehörigkeit gehabt. Hier gehörte er hin, auf ein Boot mit Anna, Lisa und Finn.

Anna war unter Deck geklettert und mit vier Fendern zurückgekehrt. Die hohlen Gummikugeln wurden verwendet, um die Bordwand des Bootes zu schonen, wenn es an einem Steg anlegte. Man befestigte sie dann einfach außen am Boot. Da sie innen hohl waren, schwammen sie auch gut, wenn sie mal ins Wasser fielen. Anna öffnete eine der verbliebenen Eisenkisten, deren Deckel sich glücklicherweise nicht so verkeilt hatte, und nahm eine Handvoll Goldmünzen heraus, als plötzlich ein Schwall Wasser über die Bordwand schwappte.

„Was machst du damit?"

„Ballast abwerfen. Das Gold ist zu schwer für so ein leichtes Boot. Deswegen sind die auch gekentert. Wir werfen das Gold hinter uns ins Wasser. Die werden es bestimmt rausfischen, was uns wieder einen kleinen Vorsprung gibt."

Anna verteilte einen Teil der Goldmünzen auf zwei Kisten und befestigte je zwei Fender mit Seilen an ihnen. Dann holte sie aus einem der Seesäcke eine Öllampe und entzündete sie.

„Jetzt sehen die uns doch!", warnte Finn und zog eilig seinen Hosenschlitz zu.

„Das sollen sie ja auch. Die sollen sehen, dass wir die Kisten ins Wasser werfen. Hilf' mir mal!" Finn und Anna schleppten im Schein der Öllampe die erste Kiste zum Heck. Anna schwenkte die Lampe und winkte den Verfolgern. Lukas betete, dass die Kiste nicht unterging. Das würden die Typen bestimmt nicht witzig finden, wenn ihr Schatz noch mal in dem Meer versank, aus dem sie es gerade erst hervorgeholt hatten.

Anna und Finn schwenkten die Kiste dreimal vor und zurück und ließen sie dann los. Es gab einen großen Platsch, die Kiste verschwand in den Fluten und tauchte

nicht wieder auf. Na super, das war's wohl. Lukas blickte hinter sich und versuchte gleichzeitig, das Steuerrad auf Kurs zu halten. Nach einer gefühlten Ewigkeit tauchten die weißen Fender im Mondlicht wieder an der Oberfläche auf. Kurz darauf waren auf dem Boot ihrer Verfolger laute Stimmen zu hören. Befehle wurden gebrüllt, dann drehte das Boot bei und Lichtkegel suchten die Wasseroberfläche ab.

„Ha, jetzt bergen sie ihre Kiste und wir bekommen wieder einen Vorsprung."

Tatsächlich wurde der Abstand zwischen ihnen und ihren Verfolgern wieder größer, aber schon bald hatten diese wieder an Fahrt gewonnen und holten auf. Anna und Finn machten die zweite Kiste klar und warfen sie ebenfalls über Bord. Die Rechnung ging auch diesmal auf. Wieder waren ihre Verfolger damit beschäftigt, ihr Gold zu bergen, und das verschaffte den vieren etwas Zeit.

„Ruden leicht backbord voraus!", rief Lisa von ihrem Guckposten aus. Lukas drehte das Steuerrad leicht nach links, um den Kurs zu korrigieren. Aus der Dunkelheit traten die Umrisse der schmalen Kaimauer hervor. Der Kahn vom alten Witt lag im Hafen und schaukelte im Mondlicht friedlich auf den Wellen. Finn und Lisa refften die Segel auf ein Drittel zusammen, damit sie nicht mit zu viel Geschwindigkeit in den Hafen einfuhren.

„Lukas, du musst gleich aus dem Wind drehen, sonst rasen wir auf die Kaimauer zu."

„Sehr witzig. Und wie mach ich das?"

„Schon vergessen? Schau oben auf den Verklickerer. Du musst das Boot mit dem Bug in Windrichtung steuern, damit wir ruhig liegen."

Lukas wurde ganz mulmig. Wenn er einen Fehler machte, krachten sie gegen die Mauer, die als Wellenbrecher den kleinen Hafen schützte. Er musste das Boot erst an ihr vorbei durch die schmale Einfahrt manövrieren und dann im richtigen Moment aus dem Wind nehmen, damit sie sicher anlegen konnten. Der rote Wimpel am Mastende zeigte zur Insel. Von dort kam also der Wind. Das Boot musste demnach mit der Spitze auf die Insel zeigen, damit der Wind links und rechts am Boot vorbeiwehen konnte, ohne die Segel zu blähen. In der Theorie eigentlich ganz klar, aber wenn man nur schwaches Mondlicht zur Verfügung hatte,

erst zweimal gesegelt war und außerdem von Ganoven verfolgt wurde, die sich nicht gerade zum Kaffeekränzchen mit einem treffen wollten, sah das Ganze schon ganz anders aus.
Rechts ragte jetzt der Anfang des Wellenbrechers aus dem Wasser, als die Seagras nicht gerade langsam die Einfahrt passierte. Jetzt waren es nur noch wenige Meter bis zum Anleger. Lukas schaute nach oben. Für einen kurzen Moment schien der rote Wimpel eine merkwürdige Form angenommen zu haben. Als ob ein kleines drolliges Männchen aufgeregt zum Ufer zeigte, um ihn zum Einschlagen des Steuerrades zu bewegen. Lukas drehte das Rad bis zum Anschlag nach backbord, die Seagras drehte sich sanft aus dem Wind und kam eine Handbreit vor dem Anlegerpier zum Stehen.
„Perfekt!", gratulierte Anna, sprang von Bord und machte das Boot fest. Lukas schaute den Mast hoch. Der rote Wimpel wehte unschuldig im Wind. „Muss wohl das Mondlicht gewesen sein", dachte Lukas.
„Nicht träumen, Mann! Runter hier!" Finns Stimme riss ihn aus seinen Gedanken. Ihre Verfolger dachten gar nicht daran, die Jagd nach ihnen aufzugeben. Zielsicher steuerten sie auf den Hafen zu und würden ihn in wenigen Sekunden erreicht haben.
Lukas warf Finn einen Seesack und den Mädels ihre Rucksäcke zu. Er selbst klemmte sich die wasserdichte Box mit den Geldbörsen der Ganoven unter den Gürtel. Das Zelt und die Schlafsäcke hatten sie am Strand zurücklassen müssen, aber ganz ohne Ausrüstung wollten sie sich lieber nicht auf der Insel verstecken.
Mit einem Satz sprang Lukas von Bord und rannte den drei anderen hinterher, die den klappernden Holzsteg entlangliefen. Sie flüchteten den schmalen Pfad zum Haus hinauf, bis sie aus der Puste waren.
Lukas drehte sich um. Das Segelboot ihrer Verfolger war jetzt vor der Einfahrt angelangt, er konnte die drei Männer deutlich an Bord erkennen. Einer zeigte in ihre Richtung. Doch plötzlich drehte der Steuermann das Boot aus dem Wind. Still lag es im Wasser vor dem Hafen. Der Bug des Bootes zeigte bedrohlich wie ein Messer auf Lukas, Anna, Finn und Lisa.
„Was machen die da?"

„Keine Ahnung. Vielleicht haben sie es sich überlegt. Es ist schon nach ein Uhr. Wenn sie rechtzeitig zu ihrer Verabredung an der Nordküste der Insel wollen, haben sie nicht mehr viel Zeit."

Lukas schien richtiggelegen zu haben. Das Boot drehte sich wieder in den Wind, die Segel blähten sich auf und dann schoss es in die Dunkelheit davon.

Erschöpft ließen sich die vier auf die Bank vor dem Haus fallen.

„Oh Mann, das war knapp!", stöhnte Lisa erleichtert auf. Lukas hoffte, dass niemand bemerkte, wie ihm die Knie zitterten.

„Okay, Leute, mir reicht's", fasste Anna zusammen, was wohl alle dachten. „Lasst uns unsere Eltern anrufen, die Polizei oder Knut."

Alle nickten und zückten ihre Handys. Anna schüttelte ihr Telefon, aber außer Wassertropfen gab es nichts von sich. „Na super. Das ist beim Abschleppen durchs Wasser vorhin abgesoffen."

Lisa ging es ähnlich. Finn und Lukas hatten mehr Glück. Die Displays ihrer Handys leuchteten im Dunkeln auf und der vertraute Begrüßungston erklang.

„Ähm, Finn? Hast du Empfang?"

„Ich hab absolut null Balken."

„Na klar, deswegen hat Hilde Witt doch immer mit ihrem Mann eine Uhrzeit zum Funken ausgemacht. Hier auf Ruden gibt es keine Sendemasten für Mobilfunk."

Lukas durchwühlte seinen Seesack. Knut hatte ihnen alles Mögliche eingepackt, aber kein Funkgerät. Wahrscheinlich war er davon ausgegangen, dass sie nur das Boot aus dem Wasser bergen und spätestens am nächsten Morgen wieder zurückkehren würden. Anna stand auf und ging auf die Eingangstür zu.

„Im Haus muss ein Funkgerät sein."

Sie sollte Recht behalten. Aber es war nicht das Einzige, was dort auf sie wartete.

10.

In der Falle

Anna spürte, wie die letzten Stunden sie müde gemacht hatten. Seit heute Morgen dieser Haufen Erwachsener plötzlich in Finns Zimmer gestanden hatte, war sie ununterbrochen auf der Flucht, erst vor ihren eigenen Eltern, dann vor dubiosen Ganoven.

Das Haus war nicht abgeschlossen. Es hatte noch nicht einmal ein Schloss. Warum auch? Auf der Insel wohnte sonst nur ein Pärchen, da brauchte man nichts abzuschließen.

Sie betrat den Flur und tastete mit den Händen die Wände auf der Suche nach einem Lichtschalter ab. Als sie ihn gefunden hatte, gab es eine Enttäuschung. Das Licht funktionierte nicht.

„Die haben wahrscheinlich die Sicherungen rausgenommen", flüsterte Lukas hinter ihr, sodass sie sich erschrocken umdrehte und mit ihm zusammenstieß. „Ich bin's nur", lachte er leise.

„Weiß ich ja", versuchte sie selbstbewusst zu sagen, aber Begegnungen in der Dunkelheit waren immer unheimlich, selbst wenn man die Person kannte. Eine Zeitlang hatte sie sich immer wahnsinnig erschrocken, wenn sie nachts mal auf die Toilette huschte und dann plötzlich Lisa vor der Badtür stand, weil sie auch mal musste. Sie hatten daher vereinbart, dass Lisa immer warten musste, bis Anna zurückkam und wieder in ihrem Bett lag.

Eine Taschenlampe blitzte auf. Finn leuchtete ihnen von hinten. Im kegeligen Lichtschein sahen sie Möbel und viele Bilder an den Wänden. Das Haus war gemütlich eingerichtet. Alte Bohlen trugen die Dachkonstruktion. Rustikale Holzmöbel waren um einen Kamin gruppiert und eine große offene Küche ließ erahnen, dass die Bewohner Wert auf gutes Essen legten.

„Da ist es!" Finn leuchtete auf einen Sekretär, auf dem ein schwarzer Kasten stand.

„Da war es mal", berichtigte Lisa. Jemand hatte das Funkgerät gründlich zerlegt. Drähte ragten aus dem aufgebrochenen Gehäuse wie Spaghetti aus einem umgekippten Topf. Das Stromkabel war gleich an mehreren Stellen in kleine Teile zerschnitten worden und lag wie verteilte Lakritzstückchen herum.

„Mist! Was machen wir jetzt?“
„Weitersuchen. Vielleicht gibt es noch ein Ersatzgerät, das die Typen nicht gefunden haben.“ Lisa nahm Finn die Taschenlampe ab und ging zurück in den Flur, von dem zwei weitere Räume abgingen. Anna hörte, wie ihre Schwester die Klinke einer der Türen herunterdrückte, als es plötzlich ein merkwürdiges Geräusch gab. Als ob jemand hinter vorgehaltener Hand etwas sagen wollte.
„Lisa?“, fragte Anna in die Dunkelheit, doch es kam keine Antwort.
„Lass uns mal nach oben gehen, vielleicht ist was unter dem Dach“, schlug Finn Lukas vor und die beiden Jungs machten Anstalten, eine Holztreppe nach oben zu steigen. Offenbar hatten sie nichts gehört. Anna hielt Lukas am Arm fest.
„Was ist denn?“
„Weiß nicht. Ich hör Lisa nicht mehr.“ Ein Scharren drang aus dem Flur zu ihnen.
„Aua!“, protestierte Lukas, dem Anna vor Schreck ihre Finger in den Arm gekrallt hatte. Beide hielten inne. „Finn, komm mal zu uns“, flüsterte Lukas heiser.
Zu dritt bewegten sie sich langsam durch das Wohnzimmer Richtung Flur zurück. Aus den Augenwinkeln sah Anna, wie Lukas irgendetwas von der Wand nahm und wie einen Knüppel in der Hand hielt. Als sie um die Ecke kamen, sah Anna die Silhouette von Lisa vor einer der Türen stehen, die jetzt geöffnet war. Ein tropfendes Geräusch war zu hören, wie von nasser Wäsche. Erleichtert atmete sie auf und ging auf ihre Schwester zu. „Mann, du hast mir vielleicht einen Schrecken eingejagt. Ich dachte schon, es ist was passiert.“
Anna wollte gerade ihre Schwester umarmen, als das Licht einer Taschenlampe aufblitzte und ein schwarzer Schatten aus dem Türrahmen trat. „Wenn ihr nicht gleich macht, was ich sage, passiert tatsächlich was!“, brüllte eine Stimme, die allen sehr bekannt war. Anna schrie vor Schreck auf. Triefnass trat der unheimliche Bienenzüchter auf sie zu, zerrte Lisa zur Seite und hielt ihr den Mund zu.

Zwei Dinge geschahen jetzt gleichzeitig in Anna. Zum einen spürte sie, wie es ihr vor Schreck kalt den Nacken runterlief, zum anderen konnte ein anderer Teil ihres Gehirns ganz klar analysieren, was geschehen war. Ihre Verfolger hatten sich mitnichten entschieden, sie in Ruhe zu lassen, um die Goldmünzen an der Nordseite zu übergeben. Sie hatten sich lediglich getrennt. Deswegen hatte das Segelboot auch so lange vor der Hafeneinfahrt gelegen – damit einer der Männer heimlich an Land schwimmen konnte. Sie hatten sich austricksen lassen. Anna hätte sich ohrfeigen können. Wie hatten sie nur alle glauben können, es mit Gangstern aufnehmen zu können?

„Was willst du denn damit, du Spinner?", fragte der Mann jetzt gefährlich ruhig und leuchtete Lukas an, der sich unpassenderweise mit der Puppe eines drolligen Klabautermanns mit roter Mütze bewaffnet hatte, die auf einem Regal im Wohnzimmer gestanden hatte. Auf seinem kleinen Matrosenanzug warb der kleine Kobold in schrill bunter Schrift für das Urlaubsparadies Usedom.

Lukas ließ die Puppe sinken.

„Wo sind die restlichen Münzen?", raunzte der Mann sie an. Anna griff in ihren Rucksack und holte ein Säckchen heraus. Die Goldmünzen darin waren eigentlich für eine dritte Kiste bestimmt gewesen, die sie zur Ablenkung den drei Männern ins Meer hatte werfen wollen. Das Vorhaben hatte sie jedoch aufgeben müssen, da es nicht mehr genug Fender an Bord gegeben hatte. Sie nahm ihren ganzen Mut zusammen und hielt das Säckchen hoch. Als der Mann danach greifen wollte, zog sie es weg.

„Erst lassen Sie meine Schwester frei!"

Ein Anflug von Erstaunen huschte über das Gesicht des Ganoven. Anna glaubte sogar, ihn kurz lächeln zu sehen. Dann schlug er die eine Hälfte seiner Jacke zurück, damit alle sehen konnten, was sich darunter verbarg.

„Junge Lady, wer Forderungen stellt, muss mehr in der Hand haben als der andere." Schwarz und böse glänzte eine Pistole im Licht der Taschenlampe unter seiner Jacke.

„Woher wissen wir, dass wir Ihnen trauen können?" Anna spürte, wie Lukas und Finn sie ungläubig von der Seite ansahen. Offensichtlich hielten sie es für keine gute Idee, mit dem Erpresser zu diskutieren.

Einen Moment schien der Mann über Annas Frage nachzudenken. Dann tat er etwas Merkwürdiges. Es war so unerwartet, dass Anna zweimal hingucken musste. Es passte überhaupt nicht zu einem finsteren Typen, der Boote stahl und Kinder kidnappte. Mit stummer Geste zeigte er mit der freien Hand auf seine Brust, wo das Herz lag.

„Und jetzt die Münzen!", befahl er und der Moment war so schnell vorbei, wie er gekommen war.

Anna reichte ihm das Säckchen, in dem die Goldmünzen hell klirrten.

„Und das da gehört auch uns!" Der Mann zeigte auf die wasserdichte Box, die Lukas immer noch im Gürtel klemmte. Kaum hatte er alles, was er wollte, stieß der falsche Bienenzüchter die Tür auf, die Lisa hatte öffnen wollen, und drängte die drei in den Raum dahinter. Mit einem Rumms wurde die Tür zugestoßen und ein schwerer Gegenstand davorgeschoben. Anna konnte hören, wie Lisa im Flur zu protestieren versuchte, aber mit zugehaltenem Mund nur unverständliche Töne herausbrachte.

„Lassen Sie sie frei!", schrie Anna. Die Haustür wurde geschlossen und schwere Schritte entfernten sich schnell, bis es gespenstisch ruhig war.

Anna drückte und hämmerte gegen die Tür, aber nichts tat sich. Finn leuchtete mit seiner Taschenlampe den Raum ab, der eine Art große Abstellkammer war. Die Bewohner nutzten ihn anscheinend, um Werkzeuge und Gartengeräte nah am Hauseingang zu haben.

„Perfekt!", rief Lukas und griff einen großen Hammer, mit dem man Gartenpflöcke in den Boden rammen konnte.

„Geht mal zur Seite!" Wie ein Wahnsinniger begann Lukas auf die Tür einzuhämmern, sodass ihnen bald die Holzsplitter um die Ohren flogen.

„Ähm, Lukas?", sagte Anna. Aber der schien so in seinem Element zu sein, dass er nichts hörte. Erst als er ein faustgroßes Loch in die Tür gehämmert hatte, ließ er von ihr ab und steckte tastend seinen Arm hindurch.

„Mist, der muss den Schrank aus dem Flur davorgeschoben haben."

Anna wurde ungeduldig. Unter anderen Umständen hätte die Situation ja ganz lustig sein können, jetzt aber nervte sie dieses Jungsgehabe einfach nur tierisch. Zumal es absolut unnötig war.

„Lukas?"

„Was denn?"

Anna stand neben dem Fenster, zog an dem Griff und öffnete es.

„Warum gehen wir nicht hier raus?"

Lukas schaute sie verdutzt an, sagte aber nichts. Finn leuchtete ihnen und stumm kletterten sie hinaus ins Freie.

Anna entriss Finn die Taschenlampe und leuchtete in die Nacht. Die Bäume, die tagsüber so idyllisch ausgesehen hatten, wirkten jetzt bedrohlich, wie stumme Monster mit langen knorrigen Armen. Vom Gangster und Lisa war weit und breit keine Spur. Anna spürte, wie ihr Tränen in die Augen stiegen. Wenn sie besser aufgepasst hätte, wäre ihr vielleicht aufgefallen, dass der falsche Bienenzüchter heimlich an Land geschwommen war und ihre Schwester wäre jetzt nicht in seiner Gewalt.

„Hört ihr das auch?", fragte Lukas und berührte sie am Arm.

Anna lauschte. Ja, da war was. Von irgendwo drang ein dumpfes Pochen und Schlagen zu ihnen, unterbrochen von gedämpften Stimmen.

„Das ist Lisa!"

„Wo kommt das her?" Anna leuchtete umher, aber außer dem Haus gab es kein Gebäude in der Nähe.

„Es kommt von da drüben." Anna ging geradewegs ins Dunkel, angetrieben von der Angst, Lisa sei in Gefahr. Lukas und Finn stolperten hinter ihr her und versuchten, mit ihr Schritt zu halten.

„Da! Der Turm!"

Dunkel und mächtig tauchte etwa hundert Meter vor ihnen in der Dunkelheit ein viereckiger Backsteinturm auf. Aus ihm kamen die Geräusche. Über einen Weg aus Betonplatten, der durch eine heideartige Landschaft führte, rannten sie auf den Bau zu, überwanden einen Zaun und standen schließlich vor einer massiven Eisentür, die mit einer rostigen Kette gesichert war und ihnen den Eintritt versperrte.

„Lisa? Bist du da drin?"

„Ja, holt uns hier raus", kam die Antwort von innen. Hatte Anna richtig gehört? Hatte Lisa „uns" gesagt? Wer war denn da noch drin?

„Jetzt können wir den Hammer aber wirklich gebrauchen", entschied Lukas und lief zum Haus zurück.

„Geht's dir gut?", fragte Anna ihre Schwester besorgt.

„Ja, alles in Ordnung, wir wollen nur raus hier!"

Finn schüttelte den Kopf. „Wen meint sie denn mit ‚wir'?"

„Keine Ahnung", sagte Anna. Eigentlich war das auch egal. Von ihr aus hätte Lisa mit dem Weihnachtsmann im Turm sitzen können, solange sie nur unversehrt war.

Schnelle Schritte näherten sich dem Turm. Lukas musste die hundert Meter in Sprintzeit zurückgelegt haben. Keuchend begann er mit dem Hammer auf die rostige Eisenkette einzuschlagen. Als sie schließlich klirrend zersprang, musste sich Anna eingestehen, dass es manchmal doch gut war, Jungs dabei zu haben – fürs Grobe halt.

Sie drückte die Klinke der alten Tür und öffnete sie. Lisa stürzte heraus und umarmte sie erleichtert. Gott sei Dank war sie in Ordnung. Doch Annas Freude währte nicht lange. Aus dem Dunkel löste sich eine Gestalt, die sie alle kannten und die schon wieder keine gute Laune zu haben schien.

„Wurde ja auch Zeit", schnaufte der alte Witt und trat ins Freie.

11.

Der Gefangene

Anna, Lukas und Finn wichen unwillkürlich vor dem bärtigen Mann zurück, der wütend die Hände in die Hüften stemmte, als könne er es nicht fassen, was passiert war. Und genauso war es auch. „So eine Schweinerei ist mir schon lange nicht mehr passiert!", schimpfte er. „Seit gestern hocke ich in diesem Turm. Diese Ganoven!" Anna und Lukas wechselten einen Blick. Sie waren sich nicht ganz sicher, was sie von dem schimpfenden Fischer in seiner wasserdichten Latzhose halten sollten. Bis vor Kurzem hatte der alte Witt ja auf ihrer Verdächtigenliste ganz oben gestanden.

„Was ist denn passiert?", fragte Lukas, um eine neutrale Stimme bemüht.

„Was passiert ist? Eine verflucht fischige Menge, zum Teufel! Diese Banditen standen in der Nacht des großen Sturms plötzlich im Haus, nass und triefend wie die Quallen. Hatten offensichtlich Schiffbruch erlitten. Als ich das Schifffahrtsamt informieren wollte, haben sie mich gefesselt und geknebelt. Dann wollten sie ganz genau wissen, wann ich mit wem Funkkontakt habe. Am nächsten Morgen musste ich Hilde funken, dass alles in Ordnung ist und dass sie Peter mit ein paar Sachen herschicken soll."

„Batterien, Taschenlampen, Verbands- und Mückenzeug, ein Nachtsichtgerät und ein Navigationsgerät", zählte Finn aus der Erinnerung auf.

„Genau. Als sie sahen, dass statt eines Erwachsenen Kinder kamen, sind sie unruhig geworden und haben mich rausgeschickt. Sie haben verlangt, dass ich nur schnell die Sachen nehme und euch wieder wegschicken soll."

„Die standen die ganze Zeit hinter der Tür, als wir da waren. Unheimlich, was?" Lisa schüttelte sich. „Und dann?"

Der alte Witt verschränkte die Arme, schaute nach Osten, wo ein dünner Streifen am Horizont schüchtern den Morgen ankündigte, obwohl es bis

Sonnenaufgang noch mehr als drei Stunden waren. Er schüttelte den Kopf.
„Kaum wart ihr weg, haben sie mich wieder gepackt und in den Turm gesperrt. Ich hab gehört, wie sie nachts mit meinem Kahn rausgefahren sind. Am nächsten Morgen haben sie mich ins Haus geholt, und was seh ich da?"
„Den alten Helmtaucheranzug von Knut?", riet Lukas.
Der alte Witt warf ihm einen anerkennenden Blick zu. „Genau! Woher weißt du das?"
„Kombiniert. Und lassen Sie mich raten: In der Nacht mussten Sie mit dem Anzug nach einem gesunkenen Segelboot tauchen."
„Junge, bist du Hellseher?"
„Nein, Lukas wird mal Kommissar", lachte Anna und strich ihre dunklen Haare zurück.
„Fünfmal musste ich da runter zu ihrem Boot, was die Tölpel haben kentern lassen. Kein Wunder bei dem Gewicht im Kiel."
„Wie viele Kisten waren es?"
„Junge, langsam wirst du mir unheimlich. Woher weißt du von den Kisten? Egal. Fünf waren es. Eine sechste wollten sie unbedingt noch haben, aber ich hab mich geweigert, wegen der Strömung. Das Boot trieb unter Wasser immer mehr auf die Küste zu."
„Und danach mussten Sie wieder in den Turm …"
„Mit Wasser und Zwieback wie ein Verurteilter. Den ganzen Tag lang hab ich hier gehockt. Aber ich hab bemerkt, dass sie noch mal weggefahren sind."
„Da sind sie nach Usedom übergesetzt und haben den Taucheranzug in dein Zimmer gelegt, Lukas", nickte Anna grimmig.
„Aber woher wussten sie, dass ich nicht auf dem Zimmer war?"
„Vielleicht war ihnen das ja egal?"
Lukas lief es kalt den Rücken hinunter. Auf die Idee, dass es den Ganoven egal gewesen sein könnte, ob sie ihn im Zimmer antrafen oder nicht, war er

noch gar nicht gekommen. Er wollte sich nicht ausmalen, was sie dann mit ihm und dem Taucheranzug gemacht hätten.

Der alte Witt schaute verwirrt von einem zum anderen.

„Erklären wir später. Was ist dann passiert?", wollte Lukas wissen.

„Nachdem ich eine ganze Nacht und einen ganzen Tag hier geschmort habe, geht vorhin plötzlich die Tür auf und Lisa wird reingeschubst. Da hab ich mir dann wirklich Sorgen gemacht."

Lukas schaute Anna an und sie nickte. Auch Finn und Lisa schienen dem alten Witt zu glauben. „Haben die Typen irgendwas gesagt, was nützlich ist? Wer sie sind oder was sie vorhaben?"

„Da waren die sehr verschwiegen. Immer, wenn ich in der Nähe war, haben sie mir nur Anweisungen gegeben und kaum untereinander gesprochen. Aber eines weiß ich sicher", Opa Witt lächelte schadenfroh, „gute Seemänner sind das nicht und ihre Waffen sind auch nur Attrappen."

„Wirklich? Woher wissen Sie das?"

„Einer der drei war so unvorsichtig, sich mit seinem Revolver eine Zigarette anzuzünden. Da wusste ich, das ist nur ein Feuerzeug. Der zweite hat genau das gleiche Modell. Nur beim Dritten hab ich's nicht gesehen."

Lukas schaute auf die Uhr. Noch zwanzig Minuten, dann war es zwei Uhr.

„Wie lange dauert es, bis die Polizei mit einem Boot hier sein kann?", wollte Anna wissen. Witt lachte und spuckte aus.

„Die Polizei? Mit Hein Feddersen am Steuer? Bis der sich erinnert, wo backbord und steuerbord ist, haben wir alle Moos an den Füßen. Außerdem können wir ihn nicht zu Hilfe rufen. Die Gangster haben das Funkgerät zerstört und das Ersatzgerät eingesteckt."

„Okay, fassen wir mal zusammen: Die Typen haben in etwa zwanzig Minuten eine Verabredung zur Übergabe der Kisten nordwestlich von Ruden", zählte Lukas auf.

„Kinder, was ihr alles wisst …", murmelte Opa Witt.

„Sie sind keine guten Segler, obwohl: Sie kennen sich mit Seekarten und Koordinaten aus."

„Ha! Dass ich nicht lache!", warf der alte Witt ein. „Zwei Stunden musste ich ihnen das Navigationsgerät erklären, bis sie überhaupt verstanden haben, was Längen- und Breitengrade sind. Die haben wohl gedacht, Segeln ist wie Autofahren."
„Na gut, ihre Waffen sind auch unecht ...", überlegte Anna.
„Und Hein wird nicht rechtzeitig hier sein, um sie zu verhaften", ergänzte Lukas.
„Kinder, ihr denkt doch wohl nicht, ihr könnt Polizei spielen, oder? Immerhin sind das drei brutale Kerle, auch wenn sie ein Tau nicht von einem Schnürsenkel unterscheiden können. Womit wollt ihr sie denn mattsetzen?"
Alle schwiegen. Der alte Mann hatte wohl recht. Wie hatten sie ernsthaft glauben können, es mit drei Verbrechern aufnehmen zu können? Die Begegnung mit dem unheimlichen Bienenzüchter sollte ihnen eigentlich eine Lehre sein. Wenn Lukas daran dachte, wie der plötzlich im Dunkeln vor ihnen aufgetaucht war und Lisa in seine Gewalt gebracht hatte, war er überzeugt, dass es besser war, jetzt einfach nach Hause zu fahren. Immerhin konnte Witt bestätigen, dass er den Taucheranzug nicht bei Knut gestohlen hatte. Und das Segelboot der Hansens ging auch auf das Konto der drei Ganoven. Alle Gründe sprachen dafür, jetzt vernünftig zu sein, aber irgendwie war das nicht befriedigend.
„Na gut. Fahren wir nach Hause und sagen der Polizei Bescheid. Ist wahrscheinlich besser so", räumte Lukas ein.
Aber er hatte nicht mit Anna gerechnet. „Dieser miese Schuft. Er hat Lisa gekidnappt. Ich hab mir fast in die Hosen gemacht."
„Ja, aber was sollen wir denn ...?"
Finn leuchtete auf einmal in den Turm hinein, in dem Lisa mit Opa Witt gefangen war.
„Was ist das denn da?"
Der alte Witt drehte sich um.
„Das? Das sind die Reste vom Feuerwerk. Der Hein Feddersen hat dem Touristenverband eingeredet, Usedom braucht ein Silvesterfeuerwerk und

das könnte man am besten hier abfackeln. Dass das von Usedom kaum einer sehen kann und wir hier auf dem Ruden im Naturschutzgebiet stehen, ist ihm entgangen. Ja, und jetzt verrottet das ganze Zeugs hier."

Große Raketen und röhrenförmige Abschussrampen standen in der Ecke. Allerlei Böller, so groß wie Fußbälle, stapelten sich in Kisten bis unter die Decke des kleinen Raumes.

Lukas schaute Anna an und beide wussten, dass sie die gleiche Idee hatten. Als sie den anderen davon erzählten, waren sie erst skeptisch. Vor allem der alte Witt glaubte nicht, dass es funktionieren würde. Aber als Lukas und Anna noch ein paar Einfälle mehr hatten, wurde plötzlich ein Plan daraus und schließlich ein Schlachtplan, der so verwegen war, dass er bei vernünftigem Nachdenken eigentlich niemanden hätte überzeugen können. Aber sie hatten weder die Zeit, noch die Lust, vernünftig zu sein, und sie mussten sich beeilen, wenn es gelingen sollte.

12.

Die Seeschlacht

Lukas schwitzte und keuchte. Für einen Außenstehenden musste das wie eine Aktion von Bekloppten aussehen. Da schoben und zogen fünf Gestalten ein Segelboot quer über eine Insel, statt damit im Wasser zu fahren, wie es sich gehörte. Leider gab es keine andere Möglichkeit. Eine Inselumrundung hätte zu lange gedauert. Wenn die Seagras pünktlich um zwei Uhr am Übergabeort nordwestlich von Ruden im Meer sein sollte, mussten sie sie ein Stück weit hintragen. Ob dieser Teil ihres Planes aufgehen würde, war trotzdem fraglich. Vielleicht hatten die Gangster zwischenzeitlich eine weitere Morsenachricht verschickt und angekündigt, dass die Seagras jetzt durch ein anderes Schiff ersetzt worden war. Dann wäre es ziemlich sinnlos, die echte Seagras als Köder zu Wasser zu lassen. Außerdem konnte es gut sein, dass die drei Ganoven inzwischen die Insel schon umrundet hatten. Bei ihren mangelnden Segelkenntnissen war das zwar unwahrscheinlich, aber auch nicht ganz ausgeschlossen.

Diese Gedanken wälzte Lukas hin und her, während seine Arme und Hände schmerzten. Den anderen ging es kaum anders. Das Boot aus dem Wasser zu ziehen, ging, dank eines Untersatzes mit Rollen, der am Hafen bereitgestanden hatte, ja noch, aber es dann über Stock und Stein durch den dunklen Kiefernwald zu zerren, war eine Tortur. Immerhin kamen sie vorwärts, auch wenn sie alle paar Meter kurz anhalten mussten, um zu verschnaufen oder um einen Baum herumzumanövrieren.

„Beim grünen Algenschlick, ihr macht Sachen mit einem alten Mann!", fluchte Witt und keuchte prustend wie ein Walross. Immerhin hatte er nicht mehr versucht, sie von ihrem Unterfangen abzuhalten, nachdem sie zusammen einen Plan ausbaldowert hatten. Im Gegenteil: Ein paar sehr lustige Details hatte er noch dazu beigesteuert. Trotzdem fluchte er wie ein Rohrspatz.

„Noch ein paar Meter! Da vorne ist schon das Meer", flötete Anna.
„Das hast du schon vor zehn Metern gesagt. Und vor zwanzig und dreißig", schimpfte Witt, schob aber weiterhin von hinten die Seagras an. Lukas konnte quasi hören, wie Anna in der Dunkelheit grinste, aber diesmal hatte sie die Wahrheit gesagt. Durch die lichter werdenden Baumreihen schimmerte bläulich die Ostsee.
Vorsichtig setzten sie das Boot auf seinem fahrbaren Untersatz am Ufer ab. Spiegelglatt lag das Meer vor ihnen. Vom Boot der drei Männer war nichts zu sehen. Sie hatten also noch eine Chance. Schweigend ließen sie das Boot ins Wasser gleiten. Wie verabredet, kletterten Lukas und Anna hinein und setzten die Segel auf Halbmast, um an die Stelle der Übergabe zu segeln.
„Passt auf euch auf", flüsterte Lisa noch, dann griff der Wind in die Segel und das Ufer wurde schnell kleiner. Nach ungefähr hundert Metern schmissen Anna und Lukas den Anker und kletterten von Bord. Das Wasser war nicht gerade warm, aber nach ein paar Schwimmzügen hatten sie sich daran gewöhnt. Die Strömung trieb sie wieder zurück ans Ufer, wo der alte Witt und Lisa schon mit Handtüchern und frischen Sachen auf sie warteten. Die Klamotten aus dem Haus waren ihnen zwar zu groß, aber nachdem sie alles viermal umgekrempelt hatten, ging es.
„Gut gemacht, ihr beiden! Finn müsste jetzt auf dem Turm sein. Los, zurück zum Hafen!"
So schnell es in der Dunkelheit ging, rannten sie durch den Kiefernwald, Lisa vorneweg, sie konnte sich offenbar sogar in der Dunkelheit gut orientieren. Obwohl er aufgeregt war wie noch nie, genoss Lukas die würzige Luft im Kiefernhain. Wenn es einen Geruch gab, der ihn einmal an diese Nacht erinnern würde, wäre es der Duft von Kiefernholz.
Zweige knackten unter ihren Schuhen und ab und zu raschelte es im Unterholz. Plötzlich sah Lukas am Waldrand einen Fuchs, der neugierig in ihre Richtung schaute. „Seht ihr den auch?"
„Ja, das ist Freddy. Der haust hier mit seiner Fuchsdame auf der Insel. Keiner weiß, wie die mal hergekommen sind."

Und richtig: Hinter Freddy tauchte jetzt die Silhouette einer Füchsin auf. Beide beobachteten die vier Menschen kurz und verschwanden dann langsam im Unterholz.

Lukas, Anna, Lisa und der alte Witt ließen das Haus rechts liegen und rannten den schmalen Weg hinunter zum Hafen. Der hölzerne Steg klapperte unter ihren Schritten, als protestiere er gegen die nächtliche Beanspruchung. Erstaunlich behände sprang Witt in seinen Kahn und startete den Motor, der röhrend ansprang. Das kurze Aufleuchten von der Spitze des Turmes signalisierte ihnen, dass Finn auf Position war.

„Jetzt wollen wir mal sehen, wie schnell die Tante noch ist", lachte Witt und fuhr mit Volldampf aus dem Hafen heraus. Sie wollten die Insel von der anderen Seite her umrunden, um die Ganoven bei der Übergabe zu überraschen. Dafür mussten sie aber einen großen Bogen machen. Ein wesentlicher Teil ihrer Überrumpelungstaktik bestand darin, die Motorkraft des Fischerkahns auszunutzen. Zurzeit herrschte fast Windstille. Das bedeutete, die Gangster würden mit dem Segelboot nicht pünktlich am Übergabeort sein können. Sie hatten also eine reelle Chance, vor ihnen dort zu sein.

Das allein würde aber nicht ausreichen, um den Schurken ins Handwerk zu pfuschen. Daher waren jetzt Annas Knotenkenntnisse gefragt. Geschickt band sie die Starttröhren der Feuerwerksraketen an der Reling fest, sodass sie wie Kanonen aufs Meer zielten, vier auf jeder Seite, zwei auf dem Dach der Kajüte und zwei vorne am Bug.

Als sie Ruden entgegen dem Uhrzeigersinn zur Hälfte umrundet hatten, sah der Fischerkahn vom alten Witt aus wie ein merkwürdiges, aber auch respekteinflößendes Kriegsschiff. Lukas verteilte Raketen vor jedem Abschussrohr und deponierte die dicken Böller vorne neben der alten ausrangierten Harpune.

Zügig durchschnitt der Kahn das Wasser der Ostsee. Am Westufer zogen der schmale Strand und der dahinterliegende Kiefernwald an ihnen vorbei.

„Alle Kanonen in Position", meldete Anna. Sie konnte das Gefühl nicht loswerden, dass sie gerade dabei war, den größten Schwachsinn ihres Lebens zu versuchen. Aber Spaß machte es auf jeden Fall.

„Munition liegt bereit! Lisa, was ist zu sehen?"
Lisa stand oben auf dem Dach der Kajüte und hielt Ausschau nach der Seagras, die jeden Moment hinter dem Ufer im Norden auftauchen musste.
„Noch nichts zu sehen … Doch, da vorne ist sie!"
Der alte Witt drosselte sofort den Motor und reichte Anna ein Fernglas.
„Ja, da liegt die Seagras. Einsam und verlassen, wie wir sie geankert haben. Von den drei Gangstern ist nichts zu sehen. Die Sicht ist irgendwie komisch."
„Ja", brummte der alte Witt, „das ist Küstennebel. Hoffentlich wird der nicht dichter, da sieht man die Hand vor Augen nicht mehr."
Anna schaute weiter durch das Fernglas. Sie glaubte, etwas im Nebel gesehen zu haben, aber dann war es wieder verschwunden. Diese Brühe hatte ihnen gerade noch gefehlt.
„Das ist ja seltsam", murmelte Anna.
„Was denn?", wollte Lukas wissen.
„Lisa? Siehst du es von da oben auch?"
„Ja. Ist das ein Ruderboot?"
„Ein Ruderboot? Wo kommt das denn her?"
Anna versuchte, das Fernglas schärfer zu stellen, aber durch den Nebel sah alles weichgezeichnet aus.
„Das ist aus dem Nebel gekommen."
„Das muss derjenige sein, mit dem unsere drei Kidnapper verabredet sind."
„Ich glaub, da vorn kommt jetzt das Segelboot mit den drei Typen!", rief Lisa von ihrem Ausguck.
Anna beobachtete weiter, was geschah. Das Ruderboot legte jetzt neben der Seagras an, aber wer auch immer in dem Boot saß, machte keine Anstalten, auszusteigen. Stimmen waren zu hören.
Die Ganoven hatten soeben die Seagras entdeckt und stritten jetzt darüber, was das zu bedeuten habe. Deutlich war zu hören, wie sie diskutierten. Die Stimmen wurden über das stille Wasser transportiert.
„Wie kommt das Boot hierhin?"
„Vielleicht hat es sich losgemacht."

„So ein Quatsch. Ein Boot segelt doch nicht von allein los."
„Vielleicht haben die Kinder es nicht richtig festgebunden."
„Die segeln dreimal besser als wir alle zusammen. Die werden ja wohl ein Boot festmachen können."
Anna und Lukas grinsten sich an. Interessant, wie realistisch die Gangster ihre seemännischen Fähigkeiten einschätzten. Und irgendwie war das ja auch ein Lob, wenn auch von Ganoven. Gespannt lauschten sie weiter den aufgeregten Stimmen.
„Da ist ein Ruderboot. Das muss der Korsar sein."
„In einem Ruderboot?"
„Na klar, es ist zehn nach zwei. Los, wir machen einfach neben der Seagras fest! Wenn er uns auf dem neuen Boot sieht, weiß er, dass alles in Ordnung ist. Die Kisten sind bei uns an Bord und nicht mehr auf der Seagras, und darauf kommt es an."
Anna warf Lukas einen Blick zu. Darauf hatten sie gewartet: Alle Gegner zusammen auf einem Fleck.
„Steuermann?"
„Bin bereit, Kapitänin", antwortete der alte Witt.
Anna schaute hoch zu Lisa, die den Daumen reckte. Sie holte tief Luft und dann gab sie den Befehl: „Alle Mann auf Gefechtsposition, volle Kraft voraus!"
Der alte Witt drückte den Gashebel bis zum Anschlag durch und der alte Kahn machte einen Satz nach vorne.
„Lukas, die Bugkanonen laden, Lisa die oberen Kanonen."
Anna entzündete eine Fackel, die sie an Bord mit einem Stock und dieselgetränkten Lappen gebastelt hatte, und ging nach vorne zu Lukas, der gerade die erste Rakete in die Abschussröhre geschoben hatte. „Neujahrsglück" stand darauf.
Schnell näherte sich der Kahn den drei Booten. Anna sah, wie zwei der Männer an Bord der Seagras gegangen waren, nachdem das gestohlene Boot der Hansens längsseits festgemacht hatte. Vom Dröhnen des Dieselmotors gewarnt, drehten sich die Männer um. Was sie sich zuriefen, ging im Fahrtwind und in dem Geräusch des Motors unter. Offensichtlich waren sie sich aber uneins, was

zu tun sei. Einer wollte dem Mann im Ruderboot helfen auszusteigen, der zweite versuchte, zurück in das Boot der Hansens zu klettern und der dritte stand unschlüssig am Steuer der Seagras.

Lukas nickte Anna zu und sie hielt die Fackel an die Lunte. Mit einem lauten Zischen stob die Rakete aus dem Rohr und flog kerzengerade direkt auf das Segel der Seagras zu, wo sie in grün-rot-gelben Funken mit lautem Knall explodierte.

„Volltreffer!", jubelte Anna und reichte Lisa die Fackel. Vom Dach der Kajüte zischte die nächste Rakete auf die Seagras zu und zerschellte knallend an der Bordwand. Mit einem Bein im Ruderboot, mit dem anderen noch auf der Seagras, versuchte einer der Männer verzweifelt, Halt zu finden und fiel schließlich ins Wasser, während über ihm ein Funkenregen aus kitschig roten Sternen niederging. Auf der Insel stieg kurz danach eine rote Leuchtrakete in die Luft.

„Finn hat's gesehen!"

„Vom Turm aus fliegt die richtig hoch. Das sieht man auch auf Usedom. Hoffentlich auch Hein Feddersen."

„Alle Mann auf steuerbord an die Kanonen!"

Lisa sprang vom Kajütdach, Lukas bestückte mit Anna die Kanonen auf der rechten Seite und als sie die drei Boote passierten, entzündete Lisa nacheinander mit der Fackel alle Zündschnüre an den Raketen. Pfeifend und heulend schossen sie aus den Rohren und schlugen auf der Seagras, dem Ruderboot und im Großsegel des gestohlenen Hansen-Bootes ein, auf dem jetzt zwei der Männer versuchten, die Leinen wieder von der Seagras zu lösen. Anna sah, wie der falsche Bienenzüchter drohend die Faust ballte.

„Lukas, bereit für die Böller?“

„Und wie!“ Lukas spießte einen der fußballgroßen Böller mit einem Bootshaken auf, Lisa entzündete die Lunte und mit einer weit ausholenden Geste schleuderte Lukas die Granate an Bord der gestohlenen Segelyacht, aber nichts geschah.

„Mist, ein Blindgänger“, ärgerte sich Lukas. Zwar war der Böller für ein spezielles Silvesterfeuerwerk hergestellt worden und für Normalsterbliche in keinem Laden zu kaufen, aber etwas mehr Effekt hatten sie sich schon gewünscht. Gerade schickte sich Lukas an, einen weiteren Böller per Bootshaken hinterherzuschicken, als es einen wahnsinnig lauten Knall gab und die beiden Männer fluchend an den Bug des Segelbootes flüchteten, während hinten am Ruder eine riesige Rauchwolke emporstieg. Der Geruch von verbranntem Schwarzpulver lag in der Luft. Offenbar hatte die erste Granate also doch noch gezündet.

Anna, Lukas, Lisa und der alte Witt jubelten. Der zweite Böller landete punktgenau auf dem Bug und seine Explosion ließ die beiden Männer auf die Seagras flüchten. Der Wind trieb die jetzt herrenlos gewordene Segelyacht der Hansens Richtung Ufer. Der Kahn des alten Witt machte eine Welle, die die Seagras beim Passieren mächtig schaukeln ließ. Fluchend riefen die beiden Gangster ihnen Verwünschungen hinterher, während sie ihren dritten Kumpanen aus dem Wasser fischten. Sie setzten die Segel und versuchten, mit der Seagras das herrenlose Boot der Hansens mit den Kisten an Bord zu verfolgen, übersahen aber, dass die Seagras von Lukas und Anna per Anker gesichert war. Mit aufgezogenen Segeln bewegten sie sich im Kreis und zerrten verzweifelt an der Ankerleine.

„Mann, das sind vielleicht Kandidaten", murmelte Lukas.

„Gut für uns! Ich hoffe, wir können sie beschäftigen, bis die Küstenwache kommt."

Der alte Witt wendete den Kahn und hielt wieder direkt auf die Seagras zu. Lukas feuerte mit Anna noch einmal zwei Raketen ab, die das gewünschte Chaos verursachten und zwei der Männer über Bord gehen ließen.

Obwohl sie jubelten und sich freuten, dass ihnen ihr Überraschungsangriff gelungen war und sie auch noch genug Munition hatten, um die drei bis zum Eintreffen der Wasserpolizei in Schach zu halten, hatte Anna ein ungutes Gefühl. Etwas stimmte nicht an dem Bild, das sich ihr bot. Und als die Seagras und das anliegende Ruderboot nah genug waren, sah sie auch, was es war: Im Ruderboot saß kein Mensch, sondern eine schlecht zusammengezimmerte Puppe, die wie eine Vogelscheuche aussah.

Lukas sprach aus, was sie dachte: „Das ist eine Falle!"

Aber es war schon zu spät. Aus dem dichter gewordenen Nebel tauchte ein großer dunkler Schatten auf und im nächsten Moment wurde ihr Kahn erschüttert, als habe ein Riese ihn getreten.

13.

Der Korsar

Lukas riss es von den Beinen und er krachte gegen die Kajütwand. Aus den Augenwinkeln sah er, wie Lisa sich oben auf dem Dach an eine der festgebundenen Abschusskanonen klammerte, die dank Annas fester Knoten ihr Gewicht hielten. Anna klammerte sich an der Harpune am Bug fest und der alte Witt war nirgends zu sehen.

Als Lukas aufschaute, um zu sehen, womit sie zusammengestoßen waren, bekam er eine Gänsehaut. Über der Backbordseite war der schwarze Rumpf eines großen Zweimasters aufgetaucht. Er hatte sie gerammt. Das Schiff trieb den Kahn wie einen lästigen Krümel vor sich her auf das Ufer von Ruden zu. Lukas sprang auf und richtete eine der Backbordkanonen auf das Schiff. Mist, wo war die Fackel mit dem Feuer? Erloschen rollte sie über das Deck auf Anna zu.

„Ich hab sie!"

„Gib mir deine Hand!", rief Lukas Anna zu und packte sie. Knirschend drückte der schwarze Rumpf weiter gegen den Kahn. Anna ließ die Harpune los und zog sich an Lukas Arm hoch zu ihm und der Kanone. Der Kahn bekam immer mehr Schlagseite. Wenn das so weiterginge, würden sie einfach umkippen.

„Sie ist ausgegangen!" Verzweifelt versuchte Anna, die Fackel mit einem Feuerzeug wieder zu entflammen, aber sie hatte bereits zu viel Seewasser gezogen.

„Halt das Feuerzeug direkt an die Lunte!"

Lukas versuchte, die Zündschnur mit der Hand gegen Wind und Wasser abzuschirmen. Das kleine Flämmchen ging immer wieder aus. Hinter ihnen raste das Ufer auf sie zu. In wenigen Augenblicken würde das dunkle Monsterschiff sie auf den Kiesstrand gedonnert haben, wenn sie nicht vorher umgestoßen worden waren. Endlich zischte die Lunte.

„Wo ist bei so einem Schiff der Steuerstand?", rief er, während die Lunte abbrannte.
„Am Heck hinter dem zweiten Mast!", antwortete Anna.
Lukas zielte in die Richtung, die Anna beschrieben hatte. Der hintere Mast war im Nebel nur schemenhaft zu erkennen. Heulend schoss die Rakete aus dem Rohr und hinterließ einen funkenstäubenden Schweif. Mit goldenen Feuergrieseln explodierte das Geschoss und erhellte für einen Moment den hinteren Teil des Zweimasters. Lukas stockte der Atem. Anna grub ihre Finger in seinen Arm. Dort hinter dem hölzernen Steuerrad stand eine große schwarze Gestalt und schaute sie hasserfüllt an. Unter anderen Umständen hätte Lukas vielleicht lachen müssen über die altmodischen Stulpenstiefel, den Dreispitz und den Degen, der dem unheimlichen Kapitän am Gürtel hing. Aber nachts auf dem Meer und gerammt von einem Boot, das viermal so groß war wie das eigene, verging ihm das Lachen über den kostümierten Piratenkapitän.
Bei Anna war das anders. „Was ist das denn für ein Heini?", fragte sie nüchtern.
Lukas versuchte sich zu sammeln. „Keine Ahnung, jedenfalls macht der uns gerade platt."
Es gab einen Ruck, der Kahn kippte noch mehr und beide wurden gegen die Kajütwand geschleudert. Lisa schrie vom Dach aus. Taue, Raketen und Böller kullerten durcheinander. Lukas versuchte, irgendwo Halt zu finden, bekam aber nur einen der Seesäcke zu fassen. Er wollte ihn gerade wegschleudern, als ihm ein Tauende entgegenfiel, das er sehr gut kannte. Es war das Seil mit den merkwürdigen drei Knoten, das Knut ihnen geschenkt hatte. Finn musste es eingepackt haben.
„Was machst du da?", fragte Anna, als Lukas am Tau herumhantierte.
„Nur so eine Idee!"
„Mann, Lukas, Knoten kannst du später üben, wir haben hier echt ein Problem."
Eine Windböe fegte über den Kahn, als Lukas den ersten Knoten gelöst hatte.
„Beim Klabautermann, der Wind soll dich holen!", rief er dem unheimlichen Kapitän zu und öffnete den zweiten Knoten. Eine noch kräftigere Windböe kam plötzlich auf, griff in die schwarzen Segel des Zweimasters und warf ihn zurück.

Vom schiebenden Rumpf befreit, fiel Witts Kahn klatschend mit der Backbordseite zurück ins Wasser.

„Ha, hau ab!", schrie Lukas und winkte dem abdriftenden Schiff hinterher.

„Lukas!"

„Was denn?"

„Wir sinken!"

Lukas schaute sich um. Tatsächlich. Langsam aber sicher stieg die Wasseroberfläche an der Außenwand immer höher und seine Füße standen bereits knöcheltief im Nass. Der Zweimaster hatte ihnen ein Leck in die Bordwand gerammt.

„Wir müssen hier runter! Wo ist Witt?"

Ein spitzer Schrei kam aus der Kajüte. Lukas und Anna stürmten hinein und sahen Lisa über dem alten Witt knien. „Ist er ...?" Lukas wagte nicht, auszusprechen, was er befürchtete.

„Nein, er ist bewusstlos."

„Schnell, wir müssen ihn hier rausbringen!" Gemeinsam packten sie Witt und schleiften ihn aus der Kajüte, als ein Schatten hinter ihnen auftauchte. Lukas ließ vor Schreck los und Witts Beine knallten zurück auf den Schiffsboden. Aber Gott sei Dank war es nicht das Schiff des Schwarzen Korsaren, sondern nur das gestohlene Segelboot der Hansens, das mit einem sanften Ruck gegen das Heck des Kahns gestoßen war, als wollte es sichergehen, nicht vergessen zu werden.

„Los, wir wechseln die Boote." Flink zog Anna die Segelyacht mit einem Bootshaken an die Seite des Kahns. Von irgendwo aus dem Nebel drangen Rufe der drei Ganoven von der Seagras zu ihnen, während ihr Kahn sank und sank. Der Zweimaster war im Nebel verschwunden und nicht wieder aufgetaucht.

Witt auf das Segelboot zu verfrachten, stellte sich als unerwartet schwierige Aufgabe heraus. Der Erwachsene war so schwer, dass alle drei ihn schieben und zerren mussten, bis sie ihn schließlich unsanft über die Bordwand ins andere Boot kullerten, wo er wie ein nasser Sack liegenblieb und schnarchende Töne von sich gab.

„Na super! Nebel, Gangster, ein durchgeknallter Kapitän auf einem Zweimaster und der gute Herr Witt hält einfach ein Nickerchen!", versuchte Lukas zu scherzen.

„Quatsch nicht so viel und geh endlich rüber!", fuhr Anna ihn an. Manchmal konnte sie ganz schön zickig sein, fand Lukas, sprang aber trotzdem schnell auf die Segelyacht. Lisa kam als Letzte an Bord. Kaum hatte sie ihren Fuß von der Reling des Kahns gelöst, ging dieser mit einem blubbernden Geräusch unter.

„Da wird sich Opa Witt ganz schön ärgern. Der Kahn war sein Ein und Alles."

„Hauptsache, wir sind okay." Alle nickten.

„Leute, ich glaube, wir holen jetzt Finn ab und segeln nach Usedom zurück", schlug Lisa vor. Keiner widersprach. Weit würden die Ganoven mit der Seagras nicht kommen und keiner hatte so richtig Lust, noch einmal mit dem Schwarzen Korsaren zusammenzustoßen.

„Was ist mit dem Knotentau?"

„Das ist mit dem Kahn untergegangen", antwortete Lukas bedauernd.

„Glaubst du wirklich, man kann damit Wind machen?"

„Keine Ahnung. Solange wir welchen haben, sollten wir jedenfalls abhauen."

Schweigend setzten sie die Segel, die sich sofort blähten und sie vom nebligen Nordufer, dem gesunkenen Kahn und den fluchenden Männern auf der Seagras wegtrugen. Schnell erreichten sie den kleinen Hafen, an dem Finn schon auf dem Steg wartete. Lukas steuerte die Yacht aus dem Wind an den Pier und Finn kam an Bord.

„Mann, Leute, was war denn bei euch los? Ich hab vom Turm aus diesen Zweimaster gesehen, der aus dem Nebel kam."

„Der hat uns gerammt und Opa Witts Kahn versenkt."

„Was ist mit dem alten Witt?"

„Der ist k. o. Wir fahren jetzt zurück nach Usedom und bringen ihn ins Krankenhaus. Hast du die Küstenwache gesehen?"

„Ich hab bestimmt fünf rote Leuchtraketen abgeschossen, aber da drüben hat sich nichts gerührt. Kein Schiff, kein Lichtsignal."

„Diese Schlafmützen!", schimpfte Anna und stieß das Boot vom Anleger ab. Sie fuhren aus dem Hafen und nahmen Kurs auf Usedom. Anna und Lisa erklärten Lukas am Steuer, auf welche Lichter er achten sollte, um sie sicher nach Hause zu manövrieren, und wie ein eingespieltes Team fuhren sie Richtung Heimat. Keiner schaute zurück. Hätten sie es getan, wäre ihnen der Nebel aufgefallen, der ihnen zu folgen schien. Stattdessen hing aber jeder seinen Gedanken nach.
Anna hoffte, dass sie es schafften, heil nach Hause zu kommen. Finn ärgerte sich, dass niemand auf seine Notraketen reagiert hatte. Lisa konnte sich nicht so richtig darüber freuen, dass sie ihr Segelboot zurückbekommen hatten, da Witt besinnungslos auf dem Vordeck lag, auch wenn sie sein Schnarchen eher als ein gutes Zeichen deutete. Hoffentlich wachte er bald wieder auf.
Lukas am Steuer war merkwürdig ruhig. Er ging in Gedanken alle Ereignisse noch einmal durch. Alle Überlegungen, die sie über die nächtlichen Lichter vor Ruden angestellt hatten, waren auf die eine oder andere Weise richtig gewesen. Dass sie Knuts Taucheranzug gestohlen und mit einem Boot der Hansens auf einer heimlichen Nachtfahrt gekentert waren, würde keiner der Erwachsenen mehr behaupten können. Selbst der faule Hein Feddersen würde das zugeben müssen, wenn der alte Witt erst mal seine Geschichte erzählte. Tja, wenn er das tat.
Und wenn er aufwachte und sich nicht mehr erinnern konnte? Und was war das mit den Knoten im Tau? Hatten die tatsächlich den Wind herbeigeholt oder war das Zufall gewesen? Es war ein bisschen wie mit dem Wolf. Man konnte sein Auftreten auf natürliche Weise erklären, aber ungewöhnlich blieb es auf jeden Fall. Eine kühle Brise ließ Lukas erschauern. Nebelschwaden zogen plötzlich an ihm vorbei. Er drehte den Kopf und blickte hinter sich. Dort kroch eine Nebelwand über das Wasser und folgte ihnen. Langsam holte sie auf und hüllte schließlich das ganze Boot ein.
„Anna, ich kann die Lichter nicht mehr sehen."
„Ja, ich weiß. Wir reffen die Segel, fahren auf Peilung und sind vorsichtig."
„Ich hab zwar nur die Hälfte von dem verstanden, was du gesagt hast, aber wenn du meinst."

„Ich hab eine Idee!", sagte Lisa und kam zu Anna und Lukas ans Heck. Sie nahm die Abdeckung eines flachen Monitors ab, der neben dem Steuerstand angebracht war. Lisa drückte einen Knopf und das Display leuchtete auf und zeigte kurz darauf einen Kartenausschnitt.

„Ein Navi?"

„Genau. Hier – das rote Bootsymbol in der Mitte sind wir. Da ist die Peene-Mündung."

„Wir müssen also etwas mehr nach steuerbord."

„Genau."

Kaum hatte Lisa es ausgesprochen, gab es einen Ruck. Lukas und Anna fuhren herum. Der schwarze Rumpf des Zweimasters hatte sie angestoßen.

„Ey Mann, der Kostümfuzzi nervt aber echt!", fluchte Anna. Ihre grünen Augen blitzten und Lukas wunderte sich wieder mal über ihre Ruhe. Er fand das Schiff und seinen Kapitän unheimlich. Anna hingegen schien das alles einfach nur lästig zu sein.

„Nicht der schon wieder!", fluchte jetzt auch Finn vom Vorsegel aus.

Anna stapfte in die Kajüte und schob keuchend eine der Kisten heraus, die die Ganoven auf dem Boot der Hansens zur Übergabe deponiert hatten.

„Was hast du vor?"

„In Ruhe nach Hause fahren!", antwortete Anna. „Das hat schon mal geklappt mit den drei Dösköppen."

Lukas nickte und eilte an ihre Seite. „Hier, du Spinner, deine Kiste!", rief Anna und warf das schwere Ding mit Lukas' Hilfe über Bord.

Etwas rumpelte an Bord des Zweimasters, als ob jemand mit schnellen Schritten über Deck hastete. Dann tauchte plötzlich ein Fischernetz aus dem Wasser auf, in dem ein paar Fische zappelten und die Kiste, die Anna eben über Bord geworfen hatte.

„Also, schlau ist der ja", musste Lukas zugeben.

„Mir egal." Anna war bereits dabei, die zweite Kiste aus der Kajüte zu schieben und sie wuchteten auch diese ins Wasser. Es spritzte mächtig und Lukas bekam eine ordentliche Dusche ab, als die Kiste in den Fluten verschwand.

Das Netz des Zweimasters sauste wieder herunter und fischte auch die zweite Kiste heraus. Lukas kniff die Augen zusammen, aber weder vom Schwarzen Korsaren noch von sonst irgendjemandem war etwas zu sehen, als ob das Schiff von Geisterhand gesteuert wurde. Außerdem musste er sich immer wieder auf den eigenen Kurs konzentrieren.

Plötzlich gab es ein knirschendes Geräusch, als ob ein Eisenspaten über Steinboden gezogen würde, und dann sah Lukas, wie sich vor ihm an Bord ein Seil spannte, das dort nicht hingehörte. An seinem Ende hatte sich ein großer Eisenhaken im Mast verkrallt.

„Mist, der versucht uns zu entern!", schrie Lisa, die am Großbaum stand.

„Na toll. Wo ist eigentlich ein Klabautermann, wenn man ihn mal braucht?", schimpfte Lukas.

Plötzlich hörten sie ein lautes Fluchen von Bord des Zweimasters, dessen Bordwände so hoch reichten, dass sie nicht sehen konnten, was sich dahinter an Bord abspielte. Den Geräuschen nach zu urteilen, war aber jemandem etwas Großes, Schweres auf den Fuß gefallen.

„Verfluchter Puk, hau ab!", hörte man eine Stimme. Dann rumpelte es laut und ein ohrenbetäubender Lärm drang zu ihnen, dass Lukas und Anna sich die Ohren zuhielten. Es klirrte, als ob Hunderte von Tellern und Gläsern gleichzeitig zu Boden fielen. Ein dunkler Schatten flog über sie hinweg und dann landete plötzlich der Dreispitz des Schwarzen Korsaren vor ihnen an Deck, als sei er ihm vom Kopf gefegt worden. Die Enterleine riss mit einem Knall und gab ihr Boot wieder frei. Die Segel blähten sich sofort auf und mit einem Satz schossen sie aus dem Nebel heraus und ließen den Zweimaster samt dem Chaos, das an Bord ausgebrochen sein musste, hinter sich.

„Tschüss, du Karnevalskapitän!", schrie Anna dem kleiner werdenden Zweimaster zu.

Lukas schaute hinauf zum roten Verklickerer. Er hätte schwören können, dass ihnen dort für den Bruchteil einer Sekunde ein schelmisch grinsendes Männchen zugezwinkert hatte. Lukas sah Anna an, die den Blick ebenfalls auf die Mastspitze gerichtet hatte. Ihre Blicke trafen sich. Sie sagten beide kein Wort, aber Lukas wusste, dass sie es auch gesehen hatte.

„Leute, Küstenwache backbord voraus!", rief Finn vom Vorderdeck und kam mit Lisa zu ihnen nach hinten.

Mehrere Lichter erschienen vor ihnen in der Peene-Mündung.

„Na endlich! Wird ja auch Zeit. Da können wir die Segel reffen und lassen uns nach Hause ziehen", freute sich Anna erleichtert und schlug Lukas auf die Schulter. „Du wirst auch einmal ein guter Kapitän."

„Na, den richtigen Hut hast du ja schon!", lachte Lisa, strich sich eine blonde Locke hinter das Ohr und setzte ihm den Spitzhut auf, der merkwürdigerweise passte wie angegossen. Und da war es wieder, dieses Gefühl, genau am richtigen Platz zu sein – am Steuer auf einem Boot mit Freunden, mit denen man Abenteuer bestehen konnte.

„Wisst ihr, ich hab darüber nachgedacht, wie wir uns nennen könnten."

„Wie denn?" Annas Augen leuchteten.

Wie zur Antwort drang vom Ufer Usedoms das wohlbekannte Heulen des Wolfes zu ihnen. Da wussten alle, was er meinte. „Wir sind die Küstenwölfe", sprach Anna es aus.

„Ausgezeichneter Name", erklang plötzlich die Stimme vom alten Witt. Zerzaust und noch etwas durcheinander saß der alte Seebär auf dem Vorderdeck und reckte den Daumen nach oben.

Im nächsten Moment flog ein Seil zu ihnen hinüber und als Lukas aufblickte, sah er in das erleichterte Gesicht seines Vaters, der es ihm vom Boot der Küstenwache aus zugeworfen hatte.

14.

Die Küstenwölfe auf Kurs

Die nächsten Tage wurden sehr aufregend für die vier. Die Ostseezeitung schickte jeden Tag Reporter, die sie interviewten. Es war die Geschichte der Saison. „Kinderbande besiegt Schatzräuber in Seeschlacht!", lautete die Schlagzeile, die allen am besten gefiel.

„Auftragsbande in Seenot" beschrieb eine andere Überschrift das Schicksal der drei Ganoven, die mit der Seagras versucht hatten, vor der Wasserschutzpolizei zu fliehen und dabei erneut gekentert waren.

In „Küstenwölfe erobern gestohlenes Boot zurück" berichtete ein Artikel darüber, wie die vier Freunde das Boot der Hansens zurückerlangt hatten.

„Fischerkahn vor Ruden geborgen" war der Artikel betitelt, den sich der alte Witt einrahmte und in den Frühstücksraum der Pension Witt hing. Der Kahn war an das Nordufer von Ruden gespült worden, nachdem er gesunken war. Eine Spendenaktion ermöglichte Witt, das Leck reparieren zu lassen und sein Boot mit modernster Technik auf den neuesten Stand zu bringen. Nach ein paar Wochen konnte er sogar Überfahrten zur Insel Ruden anbieten und auch seiner Lieblingsbeschäftigung, dem Fischen, wieder nachgehen. „Fische vom Kahn der Seeschlacht bei Ruden" wurde der Slogan, mit dem Witt aus dem ehemals unrentablen Geschäft ein einträgliches machte. Hotels und Restaurants auf der ganzen Insel bestellten bei ihm fortan echten Ostseefisch.

Die Schlagzeile „Knuts alter Helmtaucher führte zum Schatz" machte aus dem kleinen Trödelladen ein Mekka für Touristen, die sich den Helmtaucheranzug anschauen wollten, der bei der Bergung der versunkenen Kisten der Ganoven eine wichtige Rolle gespielt hatte. Wenn er Zeit hatte, kam Witt zu Knut in den Laden und demonstrierte den Zuschauern, wie der Anzug funktionierte.

Die Goldmünzen in den übrig gebliebenen Eisenkisten, die die vier Küstenwölfe Hein Feddersen von der Polizei übergaben, waren selbst noch einmal eine Sensation. Es waren Münzen aus der Zeit der Hanse, als Piraten auf der Ostsee die Handelswege unsicher gemacht hatten. Wer sie wo gefunden hatte, blieb ein Rätsel.
Auf jeden Fall hatte derjenige nicht vorgehabt, sie ordnungsgemäß einem Museum zu übereignen. Die drei Ganoven schwiegen dazu und behaupteten steif und fest, sie hätten vom Inhalt der Kisten nichts gewusst und nur den Auftrag gehabt, sie zu einer bestimmten Zeit auf dem Meer zu übergeben. Der heftige Sturm hatte ihre Pläne durchkreuzt. Statt der Übergabe mussten sie den über Bord gegangenen Goldschatz mithilfe von Witt und dem alten Taucheranzug bergen. An wen sie die Münzen übergeben sollten, wollten sie ebenfalls nicht verraten. Vom Schwarzen Korsaren sagten sie kein Sterbenswörtchen.
Auch Anna, Lukas, Finn und Lisa merkten bald, dass sie komisch angeguckt wurden, wenn sie von der Begegnung mit dem unheimlichen Zweimaster im Nebel berichteten. Dass sie mit umfunktionierten Feuerwerksraketen die drei Ganoven in der Seeschlacht überwältigt hatten, glaubten ihnen die Leute noch, weil auch der alte Witt es bezeugen konnte, aber das Auftauchen des dunklen Schiffes nahm ihnen keiner ab, denn Witt war zu der Zeit an Bord ohnmächtig gewesen und konnte es nicht bestätigen. So ließen sie bald den Teil der Geschichte weg, in dem der Schwarze Korsar auftauchte, auch wenn sie wussten, dass er hinter allem stecken musste.
Die Kurverwaltung spendierte Lukas und seinen Eltern, die ohnehin für 14 Tage gebucht hatten, eine zusätzliche Gratiswoche auf der Insel. Sowohl den Hansens wie auch Lukas' Eltern und Hilde Witt war es unglaublich peinlich, dass sie die vier verdächtigt hatten, den Taucheranzug und das Boot gestohlen zu haben. Es verging kein Tag, an dem nicht einer sie auf ein Eis einlud und sich mehrfach entschuldigte. Lukas musste dann immer grinsen, weil es so gut tat, endlich gerecht behandelt zu werden.
Keiner verlor ein Wort darüber, dass sie heimlich aus ihren Zimmern getürmt und nachts allein nach Ruden gesegelt waren. Alle waren froh,

dass ihnen nichts passiert war – und auch stolz darauf, was die vier erreicht hatten.
Natürlich musste Lukas' Vater als Risikobewerter irgendwann in großer Runde doch noch darauf hinweisen, wie gefährlich die ganze Aktion gewesen sei und dass er sich wünsche, dass so etwas nicht wieder vorkomme, weil er sich so große Sorgen gemacht habe. Anna und Lisas Eltern nickten zustimmend.
Lukas, Anna, Lisa und Finn sagten nichts. Stattdessen zogen sie stumm die ausgeschnittenen Zeitungsartikel aus der Tasche und hielten sie in die Höhe. Alle Zeitungen der Region hatten sie auf der ersten Seite. Bei soviel Erfolg fiel selbst Lukas' Vater nichts mehr ein und er musste zugeben, dass sein Traum von der ersten Nacht auf Usedom in Erfüllung gegangen war: Als er Lukas vom Boot der Küstenwache aus das Schlepptau herüberwarf, hatte er damit tatsächlich einen Schatz an Land gezogen.

Nachdem sich der größte Rummel etwas gelegt hatte, unternahmen Lukas' Eltern mit ihm Ausflüge zum U-Boot-Museum und zur *Phänomenta* in Peenemünde, zu den *Koserower Salzhütten* und *Karls Erlebnisdorf*, zur *Schmetterlingsfarm* in Trassenheide und in die *Naturerlebniswelt* in Heringsdorf. Die Hansen-Eltern luden als Entschuldigung für die falschen Verdächtigungen alle Kinder zu einem mittelalterlichen Essen ins *Wasserschloss Mellenthin* ein.
Zwischendrin erhielt Lukas weiter Segelunterricht und wurde immer besser. Letztendlich hatte er aber schon fast alles in der Nacht von Ruden gelernt, die er seine „Feuertaufe" nannte.
Eines Tages kam er von einer Bootstour zurück und wollte gerade auf sein Zimmer gehen, als er an der Tür zum Frühstücksraum vorbeiging und etwas bemerkte, das ihn schlagartig stehenbleiben ließ. Aus der Schublade einer Kommode guckte das ihm bekannte tiefschwarze Tauende mit den drei Knoten hervor, in denen der Goldfaden schimmerte.
Im Haus war alles still. Schnell durchschritt Lukas den Speiseraum und zog das Seil heraus. Dabei öffnete sich die Schublade ein Stück weiter und sein Blick fiel auf eine Ansammlung von alten Zeitungsartikeln aus den 1950er-Jahren.

Neugierig nahm er einen hervor und las: „Vier junge Usedomer stellen Schmugglerbande". Als er die Namen der vier Kinder las, musste er schlucken: Knut Bansin, Albert Witt, Hilde Fröhlich und Kathrin Feddersen.

Der alte Witt und Hilde kannten sich also schon von Kindesbeinen an und mit Knut und der Mutter von Polizist Hein zusammen hatten sie eine Kinderbande gebildet, wie die vier Küstenwölfe es jetzt waren!

Weitere Artikel kündeten von den Abenteuern der vier aus vergangenen Zeiten. Auf einem war deutlich das Knotentau zu erkennen, das er jetzt in den Händen hielt. Auf dem Foto eines anderen Artikels war die Steintafel zu sehen, die Knut ihnen zu lesen gegeben hatte:

Das Verrückteste aber war, dass unter den über 60 Jahre alten Artikeln noch welche aus den 1920er-Jahren zum Vorschein kamen, die ebenfalls von einer Kinderbande berichteten, die auf Usedom Ganoven das Handwerk gelegt hatte. Lukas musste schlucken. Konnte das alles Zufall sein? War die Inschrift auf der Steintafel vielleicht wirklich eine Prophezeiung? Es war fast ein bisschen unheimlich.

Für alles konnte es natürlich auch eine vernünftige Erklärung geben. Dass vier Kinder zusammen Abenteuer erlebten, kam bestimmt öfter vor. Aber was war mit den ganzen anderen Vorkommnissen? Hatte das Knotentau, das offensichtlich schon andere Banden vor ihnen kannten, vielleicht wirklich die Macht, Winde zu erzeugen? War ihnen der Wolf etwa auch erschienen? Und der Klabautermann an Bord der Segelschiffe? Vielleicht war der Wolf tatsächlich nur ein ungewöhnlicher Hund gewesen und der Klabautermann einfach ein im Wind flatternder Wimpel? Als er hergekommen war, hatten ihn Geschichten von der See nicht interessiert, aber nach den ganzen Abenteuern wollte er unbedingt Antworten auf seine Fragen. Gab es da nicht auch noch eine Seeschlange?

Eine Hand packte ihn an der Schulter. Der alte Witt stand plötzlich hinter ihm. Lukas hatte ihn nicht kommen hören. Einen Moment lang sahen sie sich schweigend in die Augen. Dann huschte ein Lächeln über Witts Gesicht.

„Die können wir jetzt dazu packen“, sagte er und legte einen Stapel der neuesten Artikel über das Abenteuer der vier auf der Insel Ruden zu den alten Zeitungsausschnitten in die Schublade.

Tausend Fragen lagen Lukas auf der Zunge, aber er befürchtete, dass der alte Witt sie nicht beantworten würde. Gut möglich, dass er auf dem Boot so viel gesprochen hatte, wie sonst in einem Jahr nicht, und jetzt wieder in ein langes Schweigen verfallen würde. Aber eines wollte er doch wissen.

„Hatten Sie damals auch einen Namen?“

„Wir vier?“ Witt grinste. „Natürlich hatten wir den. Den gleichen wie die

vor uns und die davor. Es gibt nur einen Namen, einen ganz ausgezeichneten. Ihn zu tragen ist eine Ehre."
Lukas brauchte nicht weiter zu fragen. Er wusste, dass er mit Anna, Lisa und Finn die Küstenwölfe wieder zum Leben erweckt hatte.
„Hier. Die Windknoten solltet ihr Knut zurückgeben. Da sind sie sicher."
Mit diesen Worten drückte er Lukas das Knotentau in die Hand, schloss die Schublade und verließ das Zimmer.

* * *

Knut saß vor seinem Trödelladen und rauchte sichtlich vergnügt ein Pfeifchen, als die vier auf ihren Fahrrädern ankamen. Der süßliche Vanilleduft des Tabaks umgab ihn wie eine unsichtbare Wolke.
„Da habt ihr ja was angerichtet", lachte er. „Die Leute rennen mir die Hütte ein. Ich bin froh, dass ich grad mal ein paar Minuten Ruhe hab."
Vier Gläser frischer selbstgemachter Limonade standen schon für sie bereit auf einem kleinen Tisch, der aus alten Strandhölzern gezimmert worden war.
„Wir wissen, dass Sie auch mal ein Küstenwolf waren", platzte Anna heraus, die die Neuigkeit von Lukas nicht länger für sich behalten konnte. Knut schaute aufmerksam von einem zum anderen.
„Aha, die jungen Seefahrer haben also ein bisschen in der Geschichte gestöbert oder vielleicht auch nur in Hildes Schublade, die sie unvorsichtigerweise immer noch nicht abschließt, wie ich vermute."
„Wir haben einige Fragen", nuschelte Lisa, während sie die leckere Limonade durch einen Strohhalm sog.
„Das kann ich mir denken. Aber die meisten Antworten müsst ihr selbst finden."
Anna schüttelte den Kopf. Damit wollte sie sich offensichtlich nicht abfinden.
„Was ist mit dem Wolf? Gibt es den wirklich?"
Knut zog genüsslich an seiner Pfeife und ließ sich mit seiner Antwort Zeit. Nach einer gefühlten Ewigkeit lächelte er. „Wölfe gibt es."
Anna sah Lukas an. War das alles gewesen?
„Aber", fuhr Knut fort, „hier auf Usedom ist ein Wolf schon sehr ungewöhnlich."

„Und?" Anna wippte mit dem Fuß.
„So ungewöhnlich, dass ich mich kaum noch erinnern kann, wann das letzte Mal einer hier gesehen wurde. Vielleicht in den 1950er-Jahren oder davor in den 1920er-Jahren." .
„Also immer, wenn sich vier zu einer Bande zusammenschließen", schlussfolgerte Lukas.
„Das hast du gesagt, nicht ich", schmunzelte Knut.
„Und Klabautermänner? Das sind doch nur Märchen, oder? Die gibt's doch nicht wirklich?", wollte Anna wissen.
Diesmal ließ sich Knut noch mehr Zeit mit seiner Antwort. Er fuhr mit der Hand über das von Wind und Seewasser gezeichnete Holz des Tischchens, als könne er auf diese Weise eine angemessene Antwort ertasten.
„Nur, weil man etwas nicht sehen kann, heißt es nicht, dass es nicht da ist", orakelte er und der unsichtbare Duft seiner Pfeife schien das Gesagte zu bestätigen.
Lukas legte das Knotentau auf den Tisch.
„Opa Witt meint, wir sollen es zurückgeben. Hier sei es sicher. Sind das tatsächlich ‚Windknoten'?"
„Für mich ist das einfach nur ein Tau mit drei Knoten drin." Knut klemmte seine Pfeife zwischen die Zähne und begann, die drei Knoten nacheinander zu lösen. Außer, dass das dicke Seil danach wie eine verdrehte Makkaroni aussah, an deren Knautschstellen man noch die ehemaligen Knoten erahnen konnte, geschah nichts. Eine Weile betrachteten alle schweigend das Tau. „Irgendwie enttäuschend, dass es offensichtlich nichts Magisches an sich hatte", dachte Lukas. Knut knüpfte kunstvoll die drei Konten zurück ins Tau.
„Aber für euch ist es unter Umständen etwas ganz anderes." Mit diesen Worten reichte er Anna das Tau. Als sie den ersten Knoten löste, fegte eine Windböe über das Haus und Knuts Ladenschild begann, quietschend zu schaukeln. Anna reichte Lukas das Tau und als der den zweiten Knoten löste, wurde der Wind heftiger und blies ihnen fast die Limonade vom Tisch.

Bevor Finn, an den Lukas das Tau weitergereicht hatte, nun den dritten Knoten lösen konnte, nahm Knut es ihm schnell aus der Hand und reichte es Lisa. „Vielleicht machst du die Knoten wieder rein, bevor wir hier wegfliegen."

Kaum hatte Lisa das getan, wurde es wieder still und Bienen summten friedlich in dem kleinen Vorgarten vor Knuts Schatzkammer.

„Das war doch Zufall", sagte Anna, allerdings sah man ihr an, dass sie selbst nicht so recht daran glaubte.

„Mag sein. Wind an der Küste ist ja nichts Ungewöhnliches." Knut klopfte seine Pfeife aus, nahm ihr das Tau ab und erhob sich. Aber eine Frage brannte allen unter den Nägeln und eigentlich waren sie deswegen hergekommen. Finn räusperte sich. „Was ist mit dem Schwarzen Korsaren?"

Knut fuhr herum und die vier wichen erschrocken zurück. In dem sonst so sanften Gesicht des liebenswerten Alten spiegelten sich Zorn und Angst wider.

„Bleibt ihm fern! Mit dem dunklen Kapitän spielt man nicht, ich …", doch mitten im Satz stockte Knut, als fiele ihm etwas Wichtiges ein, und plötzlich entspannten sich seine Züge wieder und der ehemals sanfte Gesichtsausdruck kehrte zurück. „… ich könnte euch noch viel Seemannsgarn erzählen, aber das sind alles nur Geschichten. So, dieses Stück Hanf hier packen wir jetzt mal gut weg."

Mit diesen Worten ging er in den Trödelladen und ließ die vier mit ihrer brennendsten Frage zurück. Anna gab den anderen mit einem Kopfnicken zu verstehen, dass sie Knut folgen sollten, und so marschierten alle hinein in seine Schatzkammer.

Der Trödelladen hatte sich kaum verändert. Immer noch herrschte anheimelndes Schummerlicht in ihm und die vielen Messinggeräte blinkten und blitzten, erhellt von den Sonnenstrahlen, die gebündelt durch das Oberlicht fielen. Dennoch wirkte der Laden etwas leer.

„Wow, Sie haben ja den halben Laden verkauft!"

„Ja", lachte Knut, „euer Abenteuer hat mein Geschäft beflügelt. Daher seid ihr immer auf eine Limonade willkommen."

„Aber was machen Sie denn, wenn sie nichts mehr zu verkaufen haben?" Lukas machte sich darüber ernsthaft Gedanken. Viele Regale waren schon halb leer und an einigen Haken hing nichts mehr.
Knut schob den alten Taucheranzug zur Seite und schloss eine alte Tür auf, die dahinter zum Vorschein kam und die weder Anna noch die anderen je bemerkt hatten.
„Mein junger Küstenwolf, das wird kein Problem sein. Ich bin bloß noch nicht dazu gekommen, mein Lager zu durchforsten." Er knipste ein Licht an, und die vier blickten in einen großen Raum, den sie zuvor nie gesehen hatten, weil die Tür zu ihm fast immer durch den alten Taucheranzug verdeckt gewesen war.
„Es ist wie mit dieser Insel. Immer, wenn man denkt, man kennt sie, offenbart sie einem ein neues Geheimnis."
Knut öffnete eine Truhe und legte das Tau mit den Windknoten hinein. Sorgsam verschloss er sie und stellte sie zurück in ein Regal, das bis unter die Decke reichte. „So, hier seid ihr sicher."
Das Lager von Knut war riesig. Reihe um Reihe stapelten sich Kisten in Regalen, hingen Seile, Anker, Flaggen, sogar ganze Masten und Segel von der Decke. Gallionsfiguren schauten kritisch auf sie herab und Anna, Lukas, Finn und Lisa konnten nur ahnen, was sich noch alles in den vielen Truhen, Kisten und Schatullen befinden mochte.

In ihrer letzten gemeinsamen Woche konnten die vier endlich einen faulen Tag am Strand von Ahlbeck verbringen, wie alle anderen, die auf die Insel Usedom kamen. Sie hatten sich zwei Strandkörbe zusammengeschoben und den ganzen Tag gebadet, Beachball und Frisbee gespielt. „So müssen sich Ferien anfühlen", dachte Lukas, während der Geruch von Sonnenmilch in seine Nase stieg, als er Anna den Rücken eincremte.
Lisa und Finn wechselten einen vielsagenden Blick.
„Was guckt ihr denn so doof?", zischte Anna.
„Ach nichts", grinste Finn, aber seine blauen Augen leuchteten spöttisch. Genüsslich biss er in ein Fischbrötchen, das er sich von dem Strandverkäufer

geholt hatte, der mit seinem Wagen den ganzen Tag das Ufer abfuhr und Eis und Snacks verkaufte. Das musste ein cooler Ferienjob sein. Man durfte den ganzen Tag am Strand rumfahren, die Leute kamen zu einem und man war immer am Meer.

„Blödmann!", ärgerte sich Anna, die argwöhnte, dass Finn und Lisa über sie und Lukas lästerten.

„So, fertig." Lukas schloss mit einem Klicken die Tube Sonnenmilch.

„Also meinetwegen kann das jetzt die ganze Woche so weitergehen. Strand, baden, Eis essen. Ist doch perfekt." Lukas zog sich zufrieden den erbeuteten Dreispitz des Schwarzen Korsaren über die Augen und ließ sich von der Sonne wärmen. Die Stimmen der anderen Strandurlauber bildeten eine beruhigende Geräuschkulisse.

Plötzlich hörte er aufgeregte Stimmen, aber er hielt die Augen geschlossen. Wahrscheinlich zog ein Flugzeug ein Werbebanner hinter sich her und die Leute am Strand zeigten darauf oder Kinder riefen „Guck mal, da!". Nur war es kein Werbeflieger, der über den Strand zog. Anna, Finn und Lisa waren schon aufgestanden und schauten aufs Wasser. Eine merkwürdige Nebelwand zog etwa hundert Meter vom Strand entfernt über das Meer.

„Was ist das denn?"

„Küstennebel kann hier ganz plötzlich auftauchen."

Ein Windstoß zerteilte die Schleier und als Lukas sah, was da plötzlich aus dem Nebel hervorkam, wusste er, dass die letzte Woche vielleicht doch nicht so ruhig verlaufen würde wie erhofft.

„Verdammter Mist!", entfuhr es Finn.

Wie ein drohender Speer zeigte der hölzerne Bug des ihnen allen wohlbekannten Zweimasters vom Meer direkt auf sie, und Lukas war sich sicher, an Deck eine schwarz gekleidete Gestalt zu erkennen, die ihr Fernrohr genau auf die vier gerichtet hatte.

– Ende –

Außerdem bei Biber & Butzemann

— Viele weitere spannende Ferienabenteuer aus ganz Deutschland auf www.biber-butzemann.de —

Der Autor

André F. Nebe wurde in Berlin geboren, absolvierte ein Jura-Studium an der Humboldt-Universität und ein Regiestudium an der Universität Hamburg. Seit 1997 ist er als Regisseur und Autor in der Filmbranche tätig (u. a. „Das große Rennen").
Von 2010 bis 2013 schrieb er für die erfolgreiche ZDF-Serie „Löwenzahn". Seitdem hat er Drehbücher für diverse Kinderfilme verfasst und war Autor und Realisator der SWR-Kinderserie „motzgurke.tv." Seine Kinderbuchreihe „Die Geisterreiter" ist 2012/2013 im Baumhaus-Verlag erschienen. Nun schickt er bei Biber & Butzemann „Die Küstenwölfe" von einem Abenteuer ins nächste. André F. Nebe lebt und arbeitet in Berlin.

Die Illustratorin

Sabrina Pohle, Jahrgang 1984, entdeckte in ihrer frühen Jugend ihr Interesse am Zeichnen, aus dem sich über die Jahre eine Leidenschaft für Illustration und sequenzielle Kunst entwickelte. Sie experimentierte zunächst viel mit traditionellen Maltechniken und Materialien wie Aquarell, Kohle und Pastellkreiden. Seit einiger Zeit nutzt die Mutter eines Sohnes auch digitale Medien, um ihre Werke zu erstellen. Die studierte Japanologin arbeitet als freiberufliche Illustratorin in Hamburg und hat bereits zahlreiche Kinderbücher illustriert.